Harry Potter
마법 연감

문학수첩

HARRY POTTER WIZARDING ALMANAC

First published in Great Britain in 2023 by Bloomsbury Publishing Plc

Extracts from 해리 포터와 마법사의 돌 © J.K. Rowling 2019
Extracts from 해리 포터와 비밀의 방 © J.K. Rowling 2019
Extracts from 해리 포터와 아즈카반의 죄수 © J.K. Rowling 2019
Extracts from 해리 포터와 불의 잔 © J.K. Rowling 2019
Extracts from 신비한 동물사전 © J.K. Rowling 2001
Extracts from 해리 포터와 불사조 기사단 © J.K. Rowling 2019
Extracts from 해리 포터와 혼혈 왕자 © J.K. Rowling 2020
Extracts from 해리 포터와 죽음의 성물 © J.K. Rowling 2020

Text and Illustrations copyright © J.K. Rowling 2023
Illustrations by Peter Goes, Louise Lockhart, Weitong Mai, Olia Muza,
Pham Quang Phuc, Levi Pinfold and Tomislav Tomić

J.K. Rowling, Peter Goes, Louise Lockhart, Weitong Mai, Olia Muza, Levi Pinfold,
Pham Quang Phuc and Tomislav Tomić have asserted their rights under the Copyright,
Designs and Patents Act, 1988, to be identified as Author and Illustrators of this work

해리 포터 마법 연감

초판 1쇄 인쇄 2023년 11월 27일
초판 1쇄 발행 2023년 12월 29일

지은이 | J.K. 롤링 옮긴이 | 공보경, 강동혁 발행인 | 강봉자, 김은경 펴낸곳 | (주)문학수첩
주소 | 경기도 파주시 회동길 503-1(문발동 633-4) 출판문화단지
전화 | 031-955-9088(마케팅부), 9532(편집부)
팩스 | 031-955-9066 등록 | 1991년 11월 27일 제16-482호
홈페이지 | www.moonhak.co.kr 블로그 | blog.naver.com/moonhak91 이메일 | moonhak@moonhak.co.kr

ISBN 979-11-92776-19-4 03840

* 파본은 구매처에서 바꾸어 드립니다.

MIX
Paper | Supporting
responsible forestry
FSC® C144853
FSC
www.fsc.org

Printed and bound in China

J.K. 롤링의
해리 포터 관련 공식 마법 책

Harry Potter

해리포터
마법 연감

공보경·강동혁 옮김

일러스트
· 피터 고스 · 루이즈 록하트 ·
· 웨이통 메이 · 올리아 무자 · 팜 캉 푹 ·
· 레비 핀폴드 · 토미슬라브 토미치 ·

피터 고스

루이즈 록하트

웨이퉁 메이

올리아 무자

팜 쾅 푹

레비 핀폴드

토미슬라브 토미치

루이즈 록하트

루이즈 록하트는 글래스고 예술학교
(Glasgow School of Art)에서 일러스트를 전공했고,
현재 영국에서 독립 일러스트레이터 겸 판화가로 활동
중이다. 빈티지 인쇄 소품과 선명하고
대담한 색상을 좋아하는 취향이 작품 스타일에
고스란히 반영돼 있다. 호그와트 급행열차의
간식 수레에 담긴 군침 도는 사탕과 과자 소품,
멋진 마법 빗자루와 화려한 크리스마스
무도회 드레스가 바로 루이즈의 솜씨다.

팜 쾅 푹

팜 쾅 푹은 풍성하고 장식적인 스타일을 가진
베트남 출신 동화 일러스트레이터다.
여러 책에 일러스트 작업을 하면서
이야기를 통해 삶의 균형을 잡고 살아왔다.
'아세안 동화책 일러스트레이터상' 소설 부문
최우수상을 수상했고
멋진 마법 지도, 고결한 퀴디치 우승자들,
하늘을 날며 불을 뿜는 용들을 작업했다.

피터 고스

피터 고스는 벨기에에 거주하는 프리랜서 예술가이자
그림책 일러스트레이터다. 무대 감독으로 일한 경험이
있으며 벨기에 헨트의 앤트워프 왕립 예술학교(Royal
Academy of Fine Arts, KASK)에서 애니메이션을
전공했다. 장난기 많은 마법사들과 마법 생명체들을
대단히 복잡하고 정교한 솜씨로 구현해 냈다.
감탄을 금할 수 없을 만큼 놀라운 그린고츠 마법사
은행의 풍경, 숨 막히게 뛰어난 도둑 지도와
호그와트 마법학교 도서관의 서가를 작업했다.

올리아 무자

올리아 무자는 우크라이나 우만에서 태어났다.
그래픽 디자인을 공부한 후 책 일러스트 분야에
관심이 생겨 그때부터 쭉 그 분야에 매진했다.
올리아는 작품 속에서 재미와 마법, 혼란을 만들어
낼 줄 아는 뛰어난 이야기꾼이다. 올리아 덕분에
여러분은 마법사 세계 곳곳을 신나게 탐험하고,
위즐리 형제의 위대하고 위험한 장난감 가게에서
벌어지는 온갖 지독한 장난을 즐기고, 호그와트
마법학교에서 크리스마스를 만끽할 수 있다.

토미슬라브 토미치

토미슬라브 토미치는 가족과 함께 크로아티아에서
살고 있다. 자그레브의 예술 아카데미(Academy of
Fine Art)를 졸업한 그는 어렸을 때부터
그림책 만들기를 좋아했고 고등학생 때 이미 작품을
출간했다. 독자들이 다양한 마법 공간을
들여다볼 수 있도록 정교하고 세밀한 펜화를
그려내고 있으며 버로, 그리몰드가 12번지,
덤블도어의 교장실 같은
놀라운 공간을 만들어 냈다.

웨이퉁 메이

웨이퉁 메이는 중국계 캐나다인 예술가이며
현재 런던에서 주로 활동하고 있다. 여러 상을 수상했고
크리에이티브 아트 대학교(University of Creative Arts)에
객원 강사로 출강하고 있다. 부드럽고 풍성하며 독특한
색깔들을 사용해, 보글보글 끓는 물약에서 피어오르는
연기와 지팡이가 마법 사용 시 나타나는 아른거리는
빛줄기를 구현했다. 약재상 선반, 잠든 맨드레이크,
마법사의 주머니에 쏙 들어가는
작고 멋진 마법 물건들이 웨이퉁의 작품이다.

레비 핀폴드

레비 핀폴드는 상상을 기반으로 하되
최대한 기억을 되살린 그림을 그려 왔다.
여러 책들을 출간해 호평받았고 권위 있는
'케이트 그리너웨이상(CILIP Kate Greenaway Medal)'
을 수상했다. 영국 포레스트 오브 딘에서 태어났으며
현재 호주 뉴사우스웨일스주 북부에서 살고 있다.
런던의 안개를 뚫고 우당탕탕 질주하는 나이트 버스,
기숙사 휴게실, 금지된 숲의 가시와 엉겅퀴에
그의 솜씨가 녹아들어 있다.

목차

마법 세계 연대표 10

1 주요 마법사들

해리 포터 16
발신자 없는 편지들 18
호그와트 입학 준비물 챙기기 19
가족, 친구 그리고 평생의 인연들 20
론 위즐리 22
헤르미온느 그레인저 24
루나 러브굿 26
네빌 롱보텀 27
루비우스 해그리드 28
알버스 덤블도어 29
드레이코 말포이 30
세베루스 스네이프 31
볼드모트 경 32
마법의 한계 너머 34

2 스포츠, 사람들 그리고 마법사 세계의 모든 것

머글의 눈 피하기 38
일상 속 마법 40
통신 수단 42
부엉이의 모든 것 44
마법 뉴스 46
마법적 여행 수단 48
나이트 버스 50
신비한 간식 사전 52
다양한 연회들 54
재미난 옷 모음 56
속담과 미신 58
퀴디치 60
퀴디치의 역사 62

3 마음을 사로잡는 곳 그리고 괴상한 장소들

해리와 관련 있는 마법 장소들 66
마법사 세계로 들어가는 방법 68
다이애건 앨리에 온 걸 환영합니다 70
다이애건 앨리의 상점들 72
약재상 74
올리밴더의 지팡이 가게 76
위즐리 형제의 위대하고 위험한 장난감 가게 78
그리몰드가 12번지 80
버로 82
호그스미드 마을 84
9와 4분의 3번 승강장 86

4 호그와트로의 초대

호그와트 마법학교에 온 걸 환영합니다 90
호그와트 성 둘러보기 96
기숙사 배정 모자 98
호그와트 기숙사들 100
해리의 기숙사 배정식 101
그리핀도르, 슬리데린, 후플푸프, 래번클로 102
핼러윈 날의 호그와트 마법학교 106
호그와트의 유령들 108
덤블도어의 교장실 110
학년 112
해리의 행복한 크리스마스 114
기숙사 우승컵 116
도둑 지도 118
교수와 담당 과목 120
호그와트 마법학교의 숙제 122
팀, 동아리, 사교 모임 123
호그와트 도서관 124
필요의 방 126
덤블도어의 군대 128
마법 사고들 130

5 주문과 마법, 용서받지 못하는 저주들

지팡이학 134
실용적인 마법 136
다양한 주문들 138
일반 마법 140
점술 141
변환 마법 142
마법약 144
어둠의 마법 방어법 146
아수라장 만들기의 달인들 148
주머니에 쏙 들어가는 마법 물건들 150
늑대인간 152
타임 터너 153
정신 마법 154
어둠의 마법 156
패트로누스 158

6 마법에 헌신하고 마법을 드높이는 기관들

마법 정부 ·· 162
마법 정부 둘러보기 ···························· 164
미스터리부 ·· 166
세인트 멍고 마법 질병 상해 병원 ········ 168
그린고츠 마법사 은행 ························· 170
아즈카반 감옥 ···································· 172
불사조 기사단 ···································· 174

7 동물과 인간, 식물

마법 반려동물 ···································· 178
가정 유해 생물 ···································· 180
용 ·· 182
수생 생물들 ·· 184
마법 생명체 돌보기 ···························· 186
해그리드의 반려동물들 ······················ 188
금지된 숲 ·· 190
약초학 ·· 196
신비한 동물들이 살고 있는 장소들 ······ 198

부록 ··· 200

마법 세계 연대표

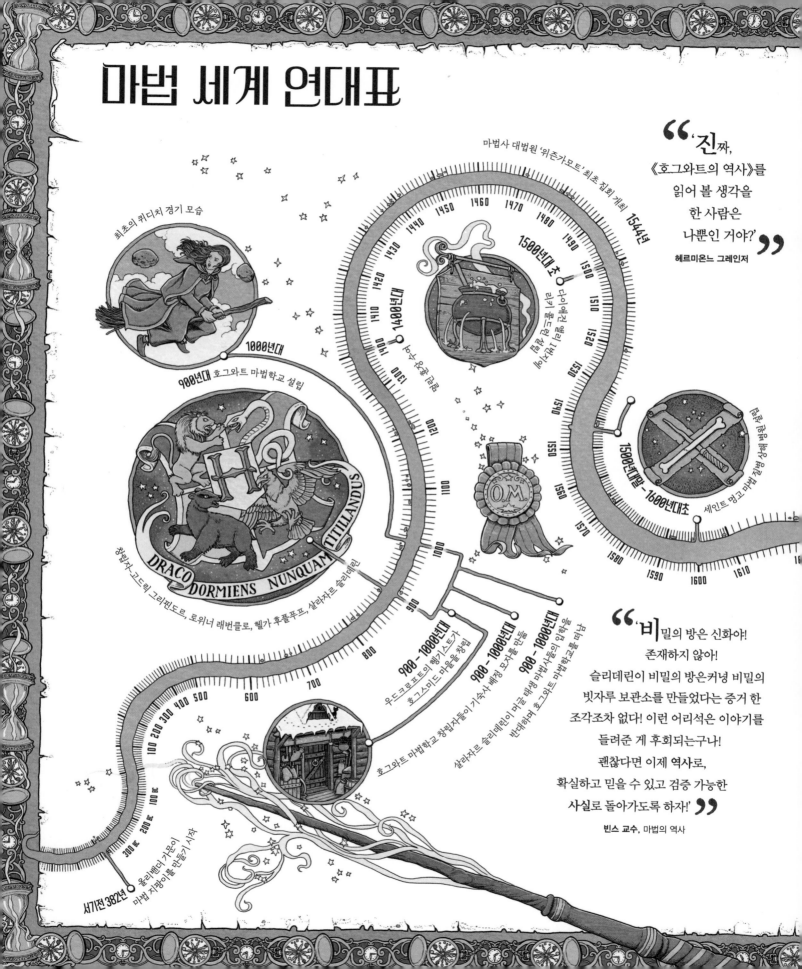

최초의 퀴디치 경기 모습

마법사 대법원 '위즌가모트' 최초 집회 개최 1544년

> **"'진**짜,
> 《호그와트의 역사》를
> 읽어 볼 생각을
> 한 사람은
> 나뿐인 거야?'"
>
> 헤르미온느 그레인저

1500년대 초

다이애건 앨리 리키 콜드런의 1차 건축

1400년대

900년대 호그와트 마법학교 설립

1000년대

창립자—고드릭 그리핀도르, 로위너 래번클로, 헬가 후플푸프, 살라자르 슬리데린

DRACO DORMIENS NUNQUAM TITILLANDUS

O.M.

1500년대말 - 1600년대초

세인트 멍고 마법병원

> **"'비**밀의 방은 신화야!
> 존재하지 않아!
> 슬리데린이 비밀의 방은커녕 비밀의
> 빗자루 보관소를 만들었다는 증거 한
> 조각조차 없다! 이런 어리석은 이야기를
> 들려준 게 후회되는구나!
> 괜찮다면 이제 역사로,
> 확실하고 믿을 수 있고 검증 가능한
> 사실로 돌아가도록 하자!'"
>
> 빈스 교수, 마법의 역사

900 - 1000년대
우드크로프트의 헹기스트가
호그스미드 마을을 창립

900 - 1000년대
호그와트 마법학교 창립자들이 기숙사 배정 모자를 만듦

900 - 1000년대
살라자르 슬리데린이 마글 태생 마법사들의 입학을 반대하며 호그와트 마법학교를 떠남

서기전 382년
올리밴더 가문이
마법 지팡이를 만들기 시작

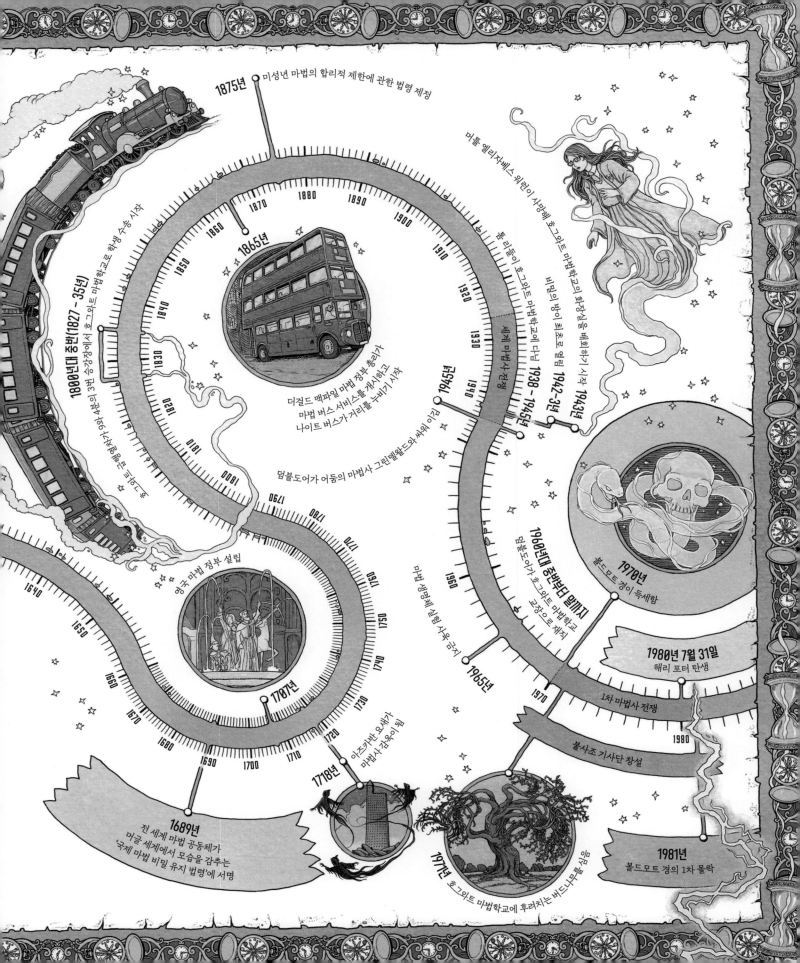

1875년 ○ 미성년 마법의 합리적 제한에 관한 법령 제정

머틀 엘리자베스 워런이 사망해 호그와트 마법학교의 화장실을 배회하기 시작 1943년

통 리들이 호그와트 마법학교에 다님 1938 - 1943년

비밀의 방이 최초로 열림 1942-3년

세계 마법사 전쟁

1945년

덤블도어가 어둠의 마법사 그린델왈드와 싸워 이김

1960년대 중반부터 말까지
덤블도어가 호그와트 마법학교 교장으로 재직

1865년

더글드 맥파일 마법 정부 총리가
마법 버스 서비스를 개시하고
나이트 버스가 거리를 누비기 시작

1800년대 중반(1827 - 35년)

호그와트 급행열차가 9와 4분의 3번 승강장에서 호그와트 마법학교로 학생 수송 시작

영국 마법 정부 설립

1707년

1970년
볼드모트 경이 득세함

1980년 7월 31일
해리 포터 탄생

1차 마법사 전쟁

1965년

불사조 기사단 창설

1980

마법 생명체 실험 사용 금지

1689년
머글 세계 마법 공동체가
국제 마법 비밀 유지 법령'에 서명

1718년
아즈카반 요새가
마법사 감옥이 됨

1971년 호그와트 마법학교에 후려치는 버드나무 식재

1981년
볼드모트 경의 1차 몰락

1991년 해리가 자신이 마법사임을 알게 됨

1991년 7월 31일 그린고츠 마법사 은행의 713번 금고가 털리지만 도난당한 것은 없었음

1991 5월
1991 6월
1991 7월
1991 8월
1991 9월
1991년 9월 1일 해리 포터가 호그와트 마법학교에 도착

1991 4월
1991 3월
1991 2월
1991 1월

콘넬리우스 퍼지가 마법 정부 총리로 취임

1991 10월
1991 11월
1991 12월

1990년
1990
1989
1988
1987
1986
1985
1984
1983
1982
1981

1981년 해리가 프리빗가에 도착

"우리한테 필요한 건….'
덤블도어가 천천히 말했다.
그의 하늘색 눈이 해리에게서
헤르미온느에게로 옮겨 갔다.
'시간이란다.'**"**

블드모트 경이 마법사 세계의
다시 모습을 드러냄

1992

1992년

1992년 비밀의 방이 두 번째로 열림

1993

1993

예언자 일보
블랙의 행방, 여전히 미궁 속에

시리우스 블랙이 아즈카반에서 탈옥

> '**일**어날 일은
> 일어나게 돼 있어.
> 그런 일이 일어나면,
> 우리는 그 일을
> 마주하면 돼.'
>
> 루비우스 해그리드

1998

호그와트 전투 ● **1998년**

1997년~1998년
파이어스 시크니스가 마법 정부 총리로 취임

1997년 7월 31일
해리의 17번째 생일

1997

볼드모트 경이 다시 득세 ○ **1995년**

1995년
돌로리스 엄브리지가 호그와트 마법학교 장학사로 임명됨

1995년
알버스 덤블도어가 불사조 기사단을 다시 소환함

1996

1996년
루퍼스 스크림저가 마법 정부 총리로 취임

1996년
아즈카반 감옥에서
대규모 탈옥 사건 발생

2차 마법사 전쟁

1995

1994년
호그와트에서
트라이위저드 대회 개최

1994년
422회 퀴디치 월드컵 대회 개최

1994

1

주요
마법사들

무수한 이들이 해리 포터의 운명에 관여했다. 절대 잊을 수 없는 사람들과의 첫 만남, 충직한 보호자와 평생의 인연을 중심으로 이 소년의 독특한 여정을 살펴보자. 론 위즐리와 헤르미온느 그레인저를 비롯한 친구들, 이름을 불러서는 안 되는 그 사람(볼드모트)도 만나 보자. 잃었다가 되찾은 마법사 가문들과 친구들의 연결 고리를 들여다보면서 책과 지략보다 중요한 게 있다는 사실을 명심하자.

집

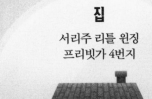

서리주 리틀 윈징
프리빗가 4번지

> "'다들 저를 특별하다고 생각하잖아요. …
> 하지만 저는 마법이라고는 하나도 몰라요.
> 어떻게 제가 엄청난 일을 해낼 거라고
> 생각할 수 있죠? 저는 유명하면서도 왜
> 유명해졌는지 기억조차 안 나는데요.'"

> "'엑스펠리아르무스!'"

눈 색깔

초록색

지팡이

불사조의 꼬리 깃털,
호랑가시나무,
28센티미터

님부스 2000

> "'해리… 너는 마법사야.'"
> 루비우스 해그리드

특기

🍂 호그와트 마법학교에서
   백년 만에 탄생한 최연소
   퀴디치 수색꾼(그리핀도르)

🍂 뱀의 말 구사

🍂 어둠의 마법 방어법

패트로누스

수사슴

해리가 어쩌다 구사한 마법

🍂 밤새 머리카락 자라게 하기

🍂 머글 학교 지붕에 뛰어오르기

🍂 선생님의 가발을 파란색으로 바꾸기

🍂 폼 안 나는 스웨터 크기 줄이기

🍂 뱀이 있는 파충류관의 유리창 없애기

🍂 와인 잔 깨뜨리기

🍂 마저리 더즐리의 몸 부풀리기

🍂 역추적 마법 '프라이오리 인칸타템'

파이어볼트

보가트

디멘터

16

> **'넌** 내가 너에게 기대할 수 있는 것 이상의 용기를 보여 주었다.'
>
> 알버스 덤블도어

서리주
리틀 윈징
프리빗가 4번지
계단 밑 벽장
해리 포터

해리 제임스 포터

생년월일: 1980년 7월 31일 **호그와트 기숙사:** 그리핀도르

> **'내가** 말썽을 일으키는 게 아니야. …말썽이 나를 찾아다니는 거지.'

> '해리 포터를 해쳐선 안 돼요!'
>
> 도비 집요정

도둑 지도

또한

살아남은 아이이며
선택받은 아이,
위험인물 1호로도
알려져 있음

투명 망토

가족

제임스 포터(아버지, 마법사), **릴리 포터**(어머니, 마법사)
시리우스 블랙(대부, 마법사), **피튜니아 더즐리**(이모, 머글)
버넌 더즐리(이모부, 머글), **더들리 더즐리**(사촌, 머글)

17

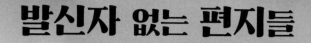

발신자 없는 편지들

호그와트 마법학교

교장: 알버스 덤블도어
(1급 멀린 훈장 수훈에 빛나는 최고위 마법사 겸
최고위원장 겸 국제 마법사 연맹 마법사장)

포터 군에게.
귀하께서 호그와트 마법학교에 입학하게 되었음을
기쁜 마음으로 알려 드립니다.
필요한 교과서 및 준비물 목록을 동봉하오니
확인해 주십시오. 학기는 9월 1일에 시작됩니다.
늦어도 7월 31일까지
부엉이를 보내 주시기 바랍니다.

교감

미네르바 맥고나걸

드림

덤블도어 교수님,
해리한테 편지를 전해 줬습니다.
내일 이것저것 사 주러 갈 겁니다.
날씨가 끔찍하네요. 몸조심하세요.
해그리드

바다,
바위 위의 오두막,
바닥,
H. 포터 군 앞

코크워스
레인뷰 호텔
17호실
H. 포터 군 앞

서리주
리틀 윈징
프리빗가 4번지
가장 작은 침실
H. 포터 군 앞

18

호그와트 입학 준비물 챙기기

" 해리는 주머니에서 양피지 봉투를 꺼냈다.
'좋아.' 해그리드가 말했다.
'거기에 너한테 필요한 물건 목록이
다 적혀 있어.' "

1학년 학생 필수 준비물:

무늬 없는 평상복 로브 세 벌(검정색)

평상복에 받쳐 쓸, 무늬 없는 뾰족한 모자(검정색)

놋쇠 저울 1세트

망원경 1개

학생들은 부엉이 또는 고양이 또는 두꺼비 중 한 마리를 선택해서 데려올 수 있습니다

마법 지팡이 1개

솥 1개 (백랍 재질, 표준 사이즈 2호)

유리 또는 크리스털 병 1세트

학생들은 모든 옷에 이름표를 부착하십시오

보호용 장갑 한 켤레 (용 가죽 소재 혹은 그와 유사한 것)

겨울용 망토 한 벌 (검정색, 단추는 은색)

1학년 학생의 개인 빗자루 소지는 금지되어 있으니 학부모께서는 이 점 유의하시길 바랍니다

HARRY POTTER

교과서

모든 학생은 다음 도서를 각 1권씩 가지고 있어야 합니다.

미란다 고스호크, 《마법 주문에 관한 표준 교과서: 1학년용》
바틸다 백숏, 《마법의 역사》
애덜버트 워플링, 《마법 이론》
에머릭 스위치, 《입문자를 위한 변환 마법》
필리다 스포어, 《1,000가지 마법 약초와 버섯》
아시니어스 지거, 《마법의 약》
뉴트 스캐맨더, 《신비한 동물 사전》
퀸틴 트림블, 《어둠의 힘: 자기방어를 위한 안내서》

19

72페이지의 다이애건 앨리에서 필요한 물건을 전부 찾으세요 ➡

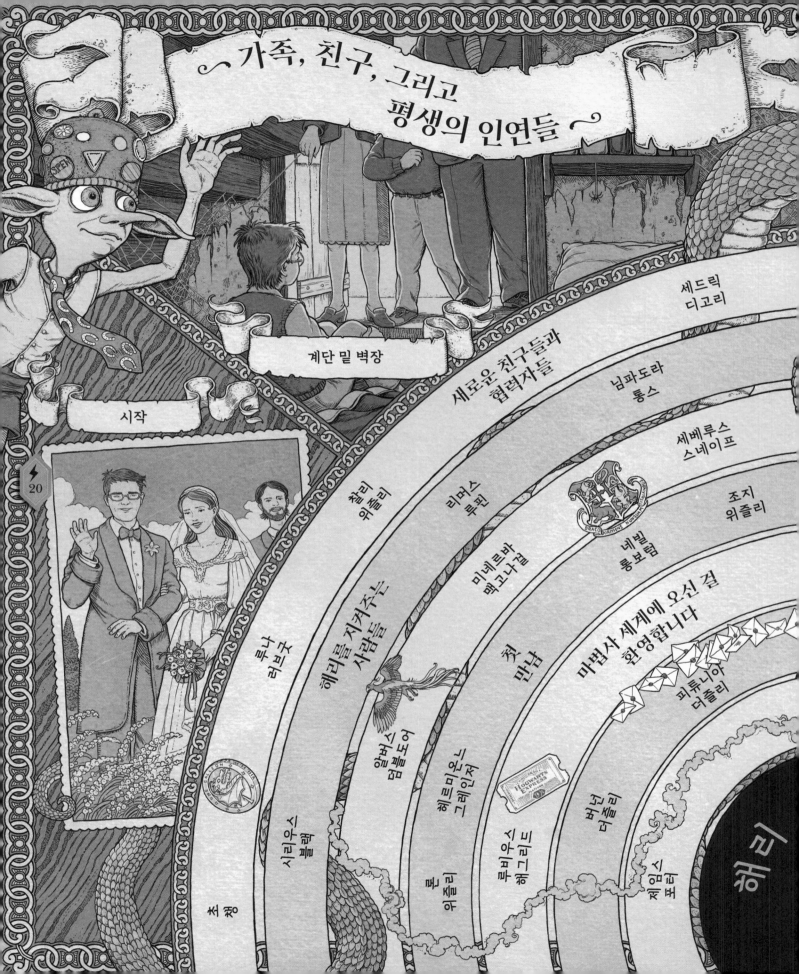

가족, 친구, 그리고 평생의 인연들

계단 밑 벽장

시작

세드릭 디고리

님파도라 통스

새로운 친구들과 협력자들

세베루스 스네이프

조지 위즐리

리머스 루핀

네빌 롱보텀

미네르바 맥고나걸

참자 아볼리

해리를 지켜주는 사람들

해리를 지켜주는 사람들

마법사 세계에 오신 걸 환영합니다

루나 러브굿

알버스 덤블도어

첫 만남

헤르미온느 그레인저

피튜니아 더즐리

시리우스 블랙

론 아즐리

루비우스 해그리드

버넌 더즐리

제임스 포터

처 챙

플뢰르
들라쿠르

몰리
위즐리

호그와트
교수들

빌
위즐리

프레드
위즐리

필리우스
플리트윅

퍼시
위즐리

아서
위즐리

헤드위그

호모나
스프라우트

지니
위즐리

덤블도어
샤클볼트

더즐리
더즐리

개릭
올리밴더

시빌
트릴로니

도비

고드릭
골짜기

올리
포드

드레이크
말포이

프리빗가

21

호그와트
마법학교

월터스터 '매드아이'
무디

로널드 빌리우스 위즐리

생년월일: 1980년 3월 1일 호그와트 기숙사: 그리핀도르

"'더 끔찍한테 주눅 들지 말고!'"

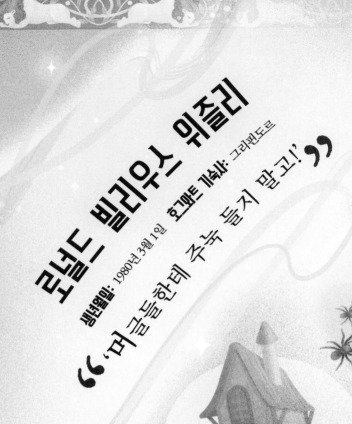

보가트
거미

피그위전

론의 두 번째 지팡이
(유니콘 털, 버드나무,
36센티미터)

퀴디치 팀
처들리 캐넌스

별칭

론(친구들)
로널드(교수들, 당국자들, 뮤리엘
고모할머니, 조지, 루나 러브굿,
재커라이어스 스미스)
귀염둥이 로니(프레드와 조지)
로니(몰리, 프레드와 조지)
위지(도비)
로-온(라벤더 브라운)
루닐 와즐립(불완전한 맞춤법
확인 깃펜)
이… 천하의… 멍청이… 로널드…
위즐리!(헤르미온느 그레인저)

집
버로

물려받은 것들

⚜ 퍼시의 쥐 '스캐버스'
⚜ 찰리의 지팡이
⚜ 빌의 교복
⚜ 찰리의 솥
⚜ 찰리의 빗자루

"'그리고 이제부터는 내 찻잎에
'죽어, 론, 죽어'라고 적혀 있어도
신경 쓰지 않을 거야.
그냥 쓰레기통에 버릴 거라고.
원래 그래야 하니까.'"

22

부모

아서 위즐리(아버지, 마법사, 머글 제품 오용 관리과에서 근무)
몰리 위즐리(어머니, 마법사)

형제자매

빌(그린고츠 마법사 은행의 저주 차단 전문가)
찰리(루마니아에서 용 연구)
퍼시, 프레드, 조지, 지니

> " '**멀**린의 잔뜩 늘어진 삼각팬티를 걸고, 대체 왜 그런 거야?' "

> " '**체**스는 원래 그런 거야!' 론이 단호하게 말했다. '희생을 감수해야 한다고! 내가 움직이면 퀸이 나를 잡겠지. 그러면 네가 체크메이트를 외칠 수 있어, 해리!' "

참음에는 찰리의 닳은 지팡이를 사용했음(유니콘 털, 물푸레나무, 30센티미터)

> " '**민**달팽이나 처먹어. 말포이.' "

취미

마법사 체스와 퀴디치

에롤

패트로누스

잭 러셀 테리어

스캐버스

학교에서의 성취

⚜ 반장
⚜ 퀴디치 파수꾼(그리핀도르)
⚜ 호그와트 특별 공로상

헤르미온느 진 그레인저

생년월일: 1979년 9월 19일　**호그와트 기숙사:** 그리핀도르

별칭
헤르미(그룹)
잘난 척쟁이(론 위즐리)
그랜트 양(빈스 교수)
헤르미-오우-니니(빅토르 크룸)

부모
그레인저 씨(아버지,
머글, 치과 의사)
그레인저 부인(어머니,
머글, 치과 의사)

취미
독서, 연구,
S.P.E.W.(집요정 복지
증진 협회) 활동

> " '내가? 그깟 책이 다 뭐라고!
> 좀 똑똑한 게 뭐!
> 훨씬 중요한 것들이 있잖아.
> 우정과 용기와… 아, 해리,
> 조심해야 해!' "

덤블도어의 군대
갈레온

> " '네가 티스푼 정도의
> 감정을 갖고 있다고 해서
> 우리 모두가
> 그런 건 아냐.' "

> " '윙-가르-디움 레비-오-사!' "

패트로누스
수달

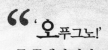

> **'오푸그노!'**
> 문 쪽에서 날카로운 외침이 들렸다. 해리가 얼른 돌아보니 헤르미온느가 사나운 표정을 지은 채 론에게 마법 지팡이를 겨누고 있었다. 작은 새 떼가 황금 총알이 퍼부어지는 것처럼 론을 향해 빠르게 날아갔다. "

S.P.E.W.

집요정
복지 증진 협회

헤르미온느가
호그와트에서 어긴 규칙들

🔥 금지된 4층 복도에 들어감

🔥 스네이프 교수의 로브에
불을 붙임

🔥 학교에서 불법 용을
몰래 내보냄

🔥 폴리주스 마법약을 만들어 사용함

🔥 스네이프 교수의 개인 저장고에서
물약 재료를 훔침

🔥 스네이프 교수에게 무장 해제
마법을 사용함

🔥 미등록 애니마구스 리타 스키터를
마법의 병에 가둠

🔥 덤블도어의 군대를 만듦(이름을
붙이지는 않음)

🔥 코맥 매클래건에게 혼돈 마법을
사용함

> **'하**마터면 우리 모두 죽을 뻔했어. 최악의 경우, 퇴학당하거나. 아무튼, 괜찮다면 난 이만 자러 갈게.' "

지팡이
용의 심장 근육,
포도나무, 27센티미터

눈 색깔
갈색

호그와트의 역사
스펠먼의
론문자 읽기

크룩섕스

폭로개

취미

이러쿵저러쿵
잡지 읽기

버터맥주
코르크 목걸이

루나의
포효하는 사자 모자

루나 러브굿

생년월일: 1981년 2월 13일　**호그와트 기숙사:** 래번클로

> **" '너도 나만큼 제정신이야.' "**

> **"루**나는 불편한 진실을 서슴없이 말하는
> 특유의 재능을 선보이고 있었다.
> 해리는 루나 같은 아이는 정말 처음 보았다. **"**

부모

제노필리우스 러브굿
(아버지, 마법사, 편집자)

판도라 러브굿
(어머니, 마녀)

별칭

'루니' 러브굿

눈 색깔

은색

루나가 있다고 믿는
마법 동물들

🌿 블리버링 험딩어
🌿 굽은뿔 스노캑
🌿 헬리오패스
🌿 엄거불라 슬래시킬터
🌿 나글
🌿 아쿠아비리우스 구더기
🌿 랙스퍼트
🌿 꿀꺽 플림피

집

러브굿 가족의 집은
검은 원통 모양 건물이다.
버로에서 그리 멀지 않은,
오터리 세인트
캐치폴 마을 근처
언덕배기에 있다

> **"랙**스퍼트 말이야. 둥둥
> 떠다니다가 귓속으로 들어가서
> 머리를 흐려지게 만드는 보이지
> 않는 생명체.' **"**

패트로누스

토끼

네빌 롱보텀

생년월일: 1980년 7월 30일   **호그와트 기숙사:** 그리핀도르

> "'할머니, 두꺼비가 또 없어졌어요.'"

> "'리멤브럴이야!
> … 할머니는 내가 뭘
> 자꾸 까먹는다는 걸 아시거든.
> 리멤브럴은 혹시 뭔가
> 잊어버린 일이 있는지
> 알려 줘.'"

가족

프랭크 롱보텀(아버지, 마법사, 오러)
앨리스 롱보텀(어머니, 마법사, 오러)
오거스타 롱보텀(할머니, 마법사)

보가트
스네이프 교수

27

지팡이
원래 아버지에게 물려받은
지팡이를 사용했음.
네빌의 두 번째 지팡이는
유니콘 털과 벚나무로
만들어진 지팡이임

취미
약초학 공부

트레버

> "'용기에는 여러 가지 종류가
> 있습니다.' 덤블도어가 미소를
> 지으며 말했다. '적에게 맞서는 데도
> 어마어마한 용기가 필요하지만,
> 친구들에게 맞서는 데도 마찬가지의
> 용기가 필요하지요. 그러므로 네빌
> 롱보텀 군에게 10점을 드립니다.'"

네빌이 1학년 때 겪은 자잘한 사고들

🌱 9와 4분의 3번 승강장에서 두꺼비 트레버를 잃어버림

🌱 기숙사 배정 모자가 놓인 의자 쪽으로 가다가 넘어짐

🌱 기숙사 배정 모자를 머리에 쓴 채 대연회장을 가로질러 달려감

🌱 폴터가이스트 피브스가 네빌의 머리에 지팡이들을 떨어뜨림

🌱 셰이머스 피니건의 솥을 녹임

🌱 빗자루에서 떨어져 손목이 부러짐

🌱 다리 묶기 저주 때문에 그리핀도르 탑까지 토끼뜀으로 올라감

🌱 헤르미온느 그레인저가 네빌에게 전신 묶기 저주를 씀

루비우스 해그리드

생년월일: 1928년 12월 6일 **호그와트 기숙사:** 그리핀도르

록케이크

"'난 해그리드한테 목숨도 맡길 수 있습니다.'"
알버스 덤블도어

집

해그리드의 오두막

해그리드의 주머니에 있는 것들

- 곰팡이 슨 개 먹이용 비스킷 약간
- 그린고츠 마법사 은행 금고 열쇠
- 열쇠 꾸러미
- 민달팽이 살충제
- 실뭉치
- 박하사탕
- 티백
- 크넛과 갈레온 약간
- 소시지가 들어 있는 물렁물렁한 포장 용기
- 구리 주전자
- 부지깽이
- 찻주전자와 이 빠진 머그
- 살짝 뭉개진 초콜릿 생일 케이크
- 지저분한 물방울무늬 손수건
- 겨울잠쥐 두 마리
- 털이 살짝 부스스한 부엉이
- 깃펜
- 양피지
- 분홍색 꽃무늬 우산

별칭

호그와트의
열쇠지기이자 숲지기

해그리드 교수
(마법 생명체 돌보기 과목)

해거(그룹)

눈 색깔

검정색

지팡이

분홍색 꽃무늬 우산
(예전에는 40센티미터 길이의
떡갈나무 지팡이였음)

가족

해그리드 씨(아버지, 마법사)
프리드울파(어머니, 거인)
그룹(이부동생, 거인)

"'아, 뭐, 반려동물
문제에서는 사람들이 좀
멍청해질 수 있지.'"

팽

28

188페이지에서 해그리드의 반려동물들을 만나 보세요 ➔

폭스

셔벗 레몬

알버스 퍼시벌 울프릭 브라이언 덤블도어

생년월일: 1881년 **호그와트 기숙사:** 그리핀도르

> "'절대로…' 해그리드가 천둥처럼 소리쳤다. '내 앞에서… 알버스… 덤블도어를… 모욕하지 마!'"
> 루비우스 해그리드

딜루미네이터

부모

퍼시벌 덤블도어
(아버지, 마법사)

켄드라 덤블도어
(어머니, 마법사)

형제자매

애버포스(남동생, 마법사)

아리아나(여동생, 마법사)

> "'호그와트에서 새로운 한 해를 보내게 된 것을 환영합니다! 연회를 시작하기 전에 몇 마디 하고 싶군요. 바로 이겁니다. 멍청이! 울보! 찌꺼기! 속물! 이상입니다!'"

눈 색깔

푸른색

패트로누스

불사조

좋아하는 것

🐾 실내음악 감상

🐾 볼링

🐾 뜨개질 도안

🐾 셔벗 레몬

개구리
초콜릿 카드

알버스
덤블도어

29

업적

🐾 호그와트 마법학교 교장

🐾 개구리 초콜릿 카드 등재

🐾 변환 마법 교수

🐾 1급 멀린 훈장 수훈

🐾 최고위 마법사

🐾 위즌가모트 최고위원장

🐾 국제 마법사 연맹 마법사장

🐾 용의 피를 사용하는 열두 가지 방법 발견

🐾 남학생 회장 겸 반장, 탁월한 마법에 대한 바너버스 핑클리 상 수상자, 위즌가모트 영국 청년 대표, 카이로에 있는 국제 연금술 학회에서 주는 획기적인 기여 부문 금메달 수상자

> "'우리의 진정한 모습을 보여 주는 건 말이다, 해리, 우리가 가진 능력이 아니라 우리가 하는 선택이란다.'"

드레이코 루시우스 말포이

생년월일: 1980년 6월 5일   **호그와트 기숙사:** 슬리데린

> '내가 뭘 할 수 있는지 당신은 몰라. …내가 무슨 짓을 저질렀는지도 모르고.'

학교에서의 성취
- 퀴디치 수색꾼(슬리데린)
- 장학관 직속 선도부
- 반장

사라지는 캐비닛

집
말포이 대저택

부모
루시우스 말포이
(아버지, 마법사, 호그와트 마법학교 이사)
나르시사 말포이(어머니, 마법사)

별칭
놀라운 뜀뛰기를 보여 준 흰족제비

빗자루
-님부스 2001

눈 색깔
회색

> '지쳤소르티야!'

지팡이
유니콘 털, 산사나무,
25센티미터

드레이코 말포이가 한 제일 지독한 모욕

> '진짜, 너 그 이상 머리가 안 돌아가다가는 아예 멈추겠다.'

> '롱보텀, 만약 사람의 뇌가 금으로 돼 있다면 너는 위즐리보다 더 가난할 거야. 이거 보통 일이 아니라고.'

> '후플푸프에 들어간다고 생각해 봐. 차라리 학교를 그만두고 말지. 안 그래?'

> '조금 있으면 마법사 가문 사이에도 어마어마한 수준 차이가 있다는 걸 알게 될 거야, 포터. 엉뚱한 부류와 친구가 되고 싶진 않겠지. 그 부분은 내가 도와줄 수 있는데.'

세베루스 스네이프

생년월일: 1960년 1월 9일   호그와트 기숙사: 슬리데린

" '해리 포터. 우리의 새로운… 유명 인사로군.' "

부모

토바이어스 스네이프(아버지, 머글)
아일린 프린스(어머니, 마법사)

집

코크워스
스피너스가

눈 색깔

검정색

별칭

콧물루스
세브

" '레질리먼스!' "

직위

🔥 마법약 과목 교수
🔥 슬리데린 기숙사 담임 교수
🔥 어둠의 마법 방어법 과목 교수

" '아하,
아주 대단하군.
지난 6년간 네가 받은
마법 교육이 헛되지
않았다는 건 잘 알겠다,
포터. '유령은 투명하고요'
라니.' "

고급
마법약 제조
리베타우스 브러지

31

" '아스포델 뿌리 가루를
약쑥 우린 물에 넣으면
뭐가 되지?' "

특기

🔥 마법약
🔥 오클루먼시
🔥 레질리먼시
🔥 어둠의 마법 방어법
🔥 논리

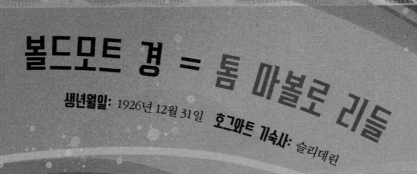

볼드모트 경 = 톰 마볼로 리들

생년월일: 1926년 12월 31일 **호그와트 기숙사:** 슬리데린

별칭
그 사람, 이름을 불러서는 안 되는 그 사람,
슬리데린의 후계자,
어둠의 왕, 톰 리들

" '난 나를 위해 새로운
이름을 마련했어. 언젠가
내가 이 세상에서 가장 위대한
마법사가 됐을 때 만방의
마법사들이 두려워서
감히 입에 담지도 못할
이름을 말이야!' **"**

톰 리들

학교에서의
성취

보긴 앤 버크

Borgin
& Burkes

가족
톰 리들 시니어 (아버지, 머글)
메로페 리들 (어머니, 마법사)
모핀 곤트 (외삼촌, 마법사)
마볼로 곤트 (외할아버지, 마법사)

리틀 행글턴
묘지

머글 고아원

리틀 행글턴의
리들 저택

눈 색깔
진홍색

"아바다 케다브라!"

지팡이
불사조 꼬리 깃털,
주목나무, 34센티미터

'그리고 나서 나는 자문한다. 이들은 어떻게 내가
다시 일어서지 못할 거라고 믿었단 말인가? 내가 오래전부터
필멸의 죽음으로부터 나 자신을 지키고자 밟아 온 과정들을 아는 그들이,
내가 살아 있는 어떤 마법사보다도 강했던 시절에 그 위대한 힘의 증거를
두 눈으로 똑똑히 본 그들이.'

내기니

마법의 한계 너머

"'불쌍한 땡땡이.' 론이 속을 긁게 들이시며 말했다. '너를 진짜 아끼는 게 틀림없어, 해리. 너를 막고 싶어 한다고 생각해…'"

벨라 르크리

론 위즐리

"'괜찮아. 파이 먹어.' 해리가 말했다. 예전에는 나눠 먹을 것도 없었고, 실은 나눠 먹을 사람도 없었다."

"'나랑… 나랑 무도회 갈래?' '응? 춤 출 줄 몰라.' 해리가 했다. '나랑도 하가 갔게?'"

몰리와 아서 위즐리

"몰리 부인은 마법약을 컵에 열 탁자에 내려놓고 해리를 구부려 해리를 품에 안기듯 안겨 본 기억이 전혀 없었다."

"'표.' 프레드가 씩 웃으며 말했다. '너랑 같이 먹어치웠어. 뱃속에 큰 굉음을 울렸지만, 우벅우벅 길거리 음식을…'"

지니 위즐리

"'너는 우리가 사랑했던 사람들이 죽어서 정말 우리 곁을 떠난다고 생각하니? 우리가 곤경에 처해 있을 때 그들을 어느 때보다도 선명하게 떠올리는 것 같지 않니?'"

네빌 롱보텀

"해리는 모든 주머니를 뒤져서 개구리 초콜릿을 꺼냈다. 헤르미온느가 크리스마스 선물로 상자에 마지막으로 하나 남아 있던 것이었다. 해리는 웃음을 터뜨릴 것처럼 보이는 네빌에게 초콜릿을 건넸다. "

세베루스 스네이프

"'아직도?' '언제나.' 스네이프가 말했다. "

벨라트릭스 레스트레인지

"그 순간부터 함께 헤르미온느는 쉽고 나면 서서히 나타나 그런데도 눈곱만큼도 불쾌하진 않았고 이렇게 유쾌한 사람은 세상에도 없을 거라고 "

해리 포터

"그래, 해리, 너는 사랑을 할 수 있잖아… 덤블도어가 말했다. '나한테 일어났던 그 모든 일을 생각해 볼 때 그건 정말 위대한 능력이란다.'"

미네르바 맥고나걸

"맥고나걸 교수는 해리를 향해 눈살을 찌푸리며 책상 뒤로 가서 앉았다. '비스킷 하나 먹거라, 포터.'"

"왜 늘 접니까? 해리와 론과 헤르미온느, 말썽에 휘말리는 게 왜 늘 그들일까?"

알버스 덤블도어

"'아, 정말 본 적 없는 가장 큰 웃음을 지으며 친구를 극진히 파티 때처럼…"

해그리드

"'그가 아저씨, 해리…' 말했다. 그의 아버지의 사진에서 그의 눈이 촉촉해지며 나를 '널 처음 봤을 때 나를…'"

"'집 요정들과 어린아이들의 이야기, 사랑, 의리, 순진무구함에 대해 볼드모트는 아무것도 모르고 이해하지도 못한다. 아무것도. 그것들 모두가 진짜 볼드모트 자신은 넘어서는 힘을 가지고 있다는 사실을, 그 어떤 마법의 힘보다도 넘어서는 힘을 가지고 있다는 사실을 한 번도 넘어서는 힘을 가지고 있다는 사실을 그자는 결코 깨닫지 못했단다.'
— 알버스 덤블도어"

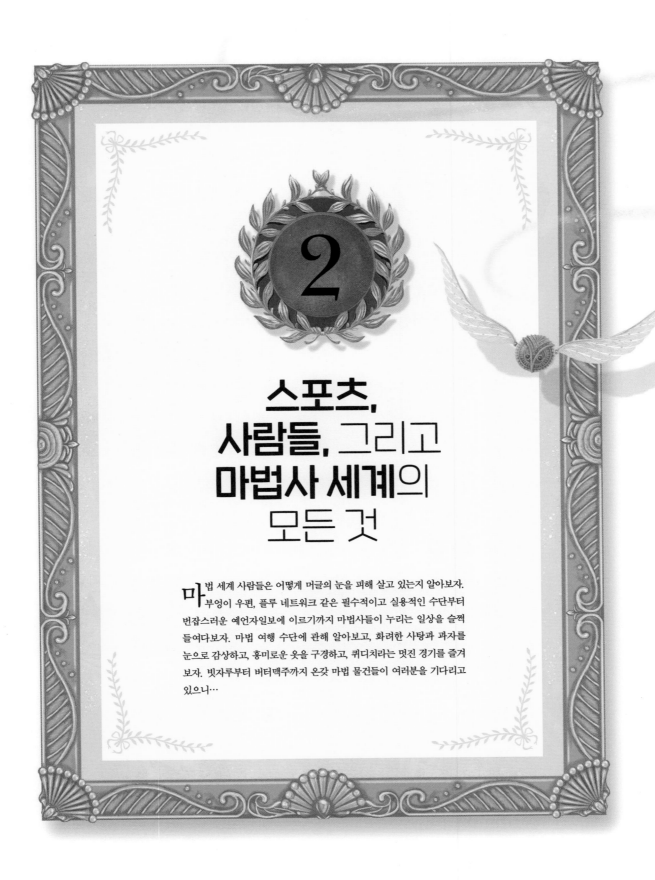

2

스포츠,
사람들, 그리고
마법사 세계의
모든 것

마법 세계 사람들은 어떻게 머글의 눈을 피해 살고 있는지 알아보자. 부엉이 우편, 플루 네트워크 같은 필수적이고 실용적인 수단부터 번잡스러운 예언자일보에 이르기까지 마법사들이 누리는 일상을 슬쩍 들여다보자. 마법 여행 수단에 관해 알아보고, 화려한 사탕과 과자를 눈으로 감상하고, 흥미로운 옷을 구경하고, 퀴디치라는 멋진 경기를 즐겨 보자. 빗자루부터 버터맥주까지 온갖 마법 물건들이 여러분을 기다리고 있으니…

발각되지 않기 위한

실용적인 방법

머글 구역에서 **마법**을 사용하지 말 것

변장

가짜 정보

신중한 계획

마법적인 방법

머글 쫓기

마법

해당 지역을 추적 불가능하게 만듦
(지도에 장소가 표시되지 않게 함)

은신 및 보호색 마법

망각 및 혼돈 마법
(계획대로 되지 않을 경우에 대비)

복장 지침

머글과 어울릴 일이 있으면 마법사는 머글 표준 복장을 완전하게 갖춰야 한다

비밀 유지 법령

머글의 눈 피하기

국제 마법사 연맹의
비밀 유지 법령

마법사 공동체는 머글들로부터 비밀을 유지하기 위해 수 세기에 걸쳐 다양한 방법을 사용해 왔다. 1692년 이래로 비밀 유지 법령은 마법 세계를 완벽하게 숨기는 것을 법으로 정하고 엄격한 지침을 시행하고 있다.

머글 반, 마법사 반인 마을들

마법사 공동체가 숨어 있는 머글 마을들이 있다. 예를 들면 이런 마을들이다.

● 콘월의 틴워스
● 요크셔의 어퍼 플래글리
● 잉글랜드 남부 해안의 오터리 세인트 캐치폴
● 웨스트 컨트리의 고드릭 골짜기

조심만 하면 머글들은 계속 모르는 상태로 있을 것이다.

*혼돈 마법도 도움이 된다.

공공연한 비밀

39

단 한 명의 머글이라도 볼 가능성이 조금이라도 있다면, 그 근처에서는 퀴디치 경기를 해서는 안 된다. 이를 어긴 사람은 지하 감옥의 벽에 쇠사슬로 묶어 놓고, 그러고도 퀴디치 경기를 즐길 수 있는지 두고 볼 것이다.

- 마법사 의회 법령, 1419년 -

빗자루

중세 이래로 빗자루는 집 안에 쉽게 숨겨 둘 수 있는 비행 수단이었다. 머글들이 빗자루를 타고 다니는 마녀 얘기를 오랫동안 들어왔기 때문에, 빗자루 이용 시 각별히 주의해야 한다.

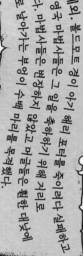

약 하루 예외, 블드모트 경이 아기 해리 포터를 죽이려다 실패하고 사라지자 영국 마법사들은 그 일을 축하하기 위해 거리로 쏟아져 나왔다. 마법사들은 발정하지 않았고 모글들은 화한 대낮에 하늘으로 날아가는 부엉이 수백 마리를 목격했다.

마법 동물들을 반드시 숨길 것

각 마법사 정부 당국은 각자의 영토 경계선 안에 거주하고 있는 모든 마법 동물과 인류 그리고 영혼의 은폐와 관리, 통제에 대한 책임을 진다.

- 비밀 유지 법령 73조, 1750년 -

— 머글들이 목격한 것으로 유명한 마법 생물들 —

디리코울: 머글들은 디리코울을 도도새로 알고 있으며, 도도새가 멸종한 것으로 믿고 있다

예티: 국제 기동대가 산으로 출동해 은폐했다

켈피: 바다뱀으로 변신한 모습이 여러 번 사진 찍혔는데, 가짜 사진으로 몰았다

● **스낼리개스타:** 헌신적인 스낼리개스터 보호 연맹이 활동 중이다

● **호댜:** 머글들은 호댜 목격담을 전부 짓궂은 장난으로 알고 있다

"스코틀랜드의 네스호에 살고 있는 세계에서 가장 커다란 켈피는 생포를 피해 계속 달아나면서, 수많은 사람들의 이목을 끌고 싶다는 본능적인 갈망을 실현시키고 있는 것처럼 보인다."

뉴트 스캐맨더, 마법동물학자

눈에 띄지 않게 이동하기

마법사들은 머글 기술 대부분을 필요로 하지 않는다. 그래도 마법 여행을 할 때는 이목을 끌지 않도록 하는 게 중요하다.

● **플루 네트워크:** 마법사들은 건물 밖으로 나가지 않아도 이 건물의 벽난로에서 저 건물의 벽난로로 이동할 수 있다

● **포트키:** 평범한 물건으로 만들 수 있는 마법 운송 물체라서 눈에 안 띄게 감춰 두기에 좋다

● **마법 걸린 차량:** 어떤 마법사들은 자동차 개조라면 사족을 못 쓴다. 하늘을 나는 자동차를 만들 때는 투명 부스터를 추가하는 게 좋다

깃펜과 문구류

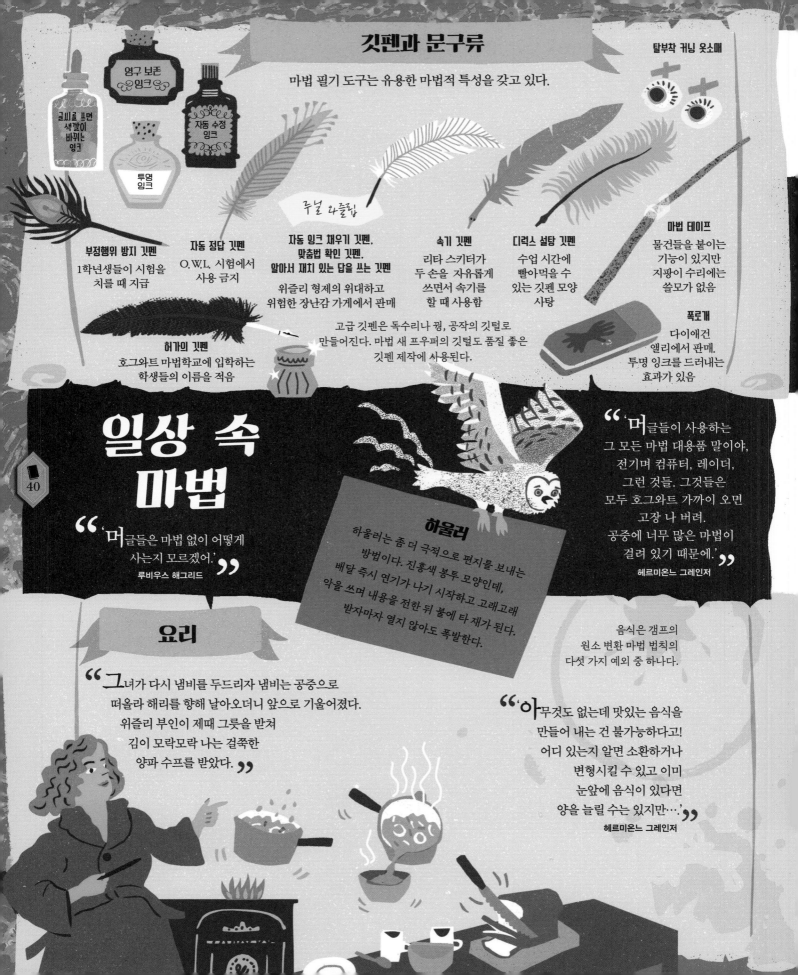

마법 필기 도구는 유용한 마법적 특성을 갖고 있다.

탈부착 커닝 옷소매

영구 보존 잉크

글씨를 쓰면 색깔이 바뀌는 잉크

투명 잉크

자동 수정 잉크

주닐 와즐립

부정행위 방지 깃펜
1학년생들이 시험을 치를 때 지급

자동 정답 깃펜
O.W.L. 시험에서 사용 금지

자동 잉크 채우기 깃펜, 맞춤법 확인 깃펜, 알아서 재치 있는 답을 쓰는 깃펜
위즐리 형제의 위대하고 위험한 장난감 가게에서 판매

속기 깃펜
리타 스키터가 두 손을 자유롭게 쓰면서 속기를 할 때 사용함

디럭스 설탕 깃펜
수업 시간에 빨아먹을 수 있는 깃펜 모양 사탕

마법 테이프
물건들을 붙이는 기능이 있지만 지팡이 수리에는 쓸모가 없음

폭로개
다이애건 앨리에서 판매. 투명 잉크를 드러내는 효과가 있음

허가의 깃펜
호그와트 마법학교에 입학하는 학생들의 이름을 적음

고급 깃펜은 독수리나 꿩, 공작의 깃털로 만들어진다. 마법 새 프우퍼의 깃털도 품질 좋은 깃펜 제작에 사용된다.

일상 속 마법

40

> **"**'머글들은 마법 없이 어떻게 사는지 모르겠어.'**"**
> 루비우스 해그리드

> **"**'머글들이 사용하는 그 모든 마법 대용품 말이야, 전기며 컴퓨터, 레이더, 그런 것들. 그것들은 모두 호그와트 가까이 오면 고장 나 버려. 공중에 너무 많은 마법이 걸려 있기 때문에.'**"**
> 헤르미온느 그레인저

하울러
하울러는 좀 더 극적으로 편지를 보내는 방법이다. 진홍색 봉투 모양인데, 배달 즉시 연기가 나기 시작하고 고래고래 악을 쓰며 내용을 전한 뒤 불에 타 재가 된다. 받자마자 열지 않아도 폭발한다.

요리

> **"**그녀가 다시 냄비를 두드리자 냄비는 공중으로 떠올라 해리를 향해 날아오더니 앞으로 기울어졌다. 위즐리 부인이 제때 그릇을 받쳐 김이 모락모락 나는 걸쭉한 양파 수프를 받았다.**"**

음식은 갬프의 원소 변환 마법 법칙의 다섯 가지 예외 중 하나다.

> **"**'아무것도 없는데 맛있는 음식을 만들어 내는 건 불가능하다고! 어디 있는지 알면 소환하거나 변형시킬 수 있고 이미 눈앞에 음식이 있다면 양을 늘릴 수는 있지만…'**"**
> 헤르미온느 그레인저

뜨겁고 강렬한 사랑으로 가득 찬 솥단지

아, 이리로 와서 내 솥을 저어 주세요.
제대로 저어 준다면
내가 뜨겁고 강렬한
사랑을 끓여 드릴게요,
오늘 밤 당신의 온기를
지켜 줄 사랑을.

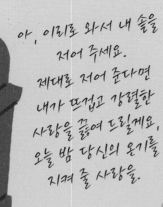

> **우**린 열여덟 살 때
> 이 곡에 맞춰서 춤을 췄단다!'
> 위즐리 부인이 뜨개질감으로
> 눈가를 훔치며 말했다.
> '기억나, 아서?'

셀레스티나 워벡

> **싱**크대 옆에 있는
> 낡은 라디오는 방금
> '인기 절정의 마법사 가수
> 셀레스티나 워벡이 출연하는
> '마녀의 시간'이
> 곧 방송된다'고 알렸다.

마법 그림

예술가들은 그림이 움직이고
말할 수 있도록 그림에 마법을 건다.
초상화가 현실 세계와 어느 정도
상호 작용할 수 있는지는 그 초상화를 그린
마법사의 능력에 따라 결정된다.

오락거리

마법사 체스

> **마**법사 체스는 말들이
> 살아 움직이는 덕분에 실제로
> 전쟁터에 나가 군대를 이끄는
> 기분이 든다는 것만 빼면
> 머글 체스와 똑같았다.

> **'날** 저쪽으로 보내면
> 안 되지. 저기 나이트 안 보여?
> 저놈을 보내. 저놈 정도는
> 잃어도 되잖아.'

체스 말은 체스
선수에게 말대답을
할 수 있다.

폭발하는 카드

> **론**은 폭발하는 카드를 가지고
> 성을 쌓느라 바빴다.
> 언제든 카드가 모조리
> 폭발할 수 있었기에
> 머글 카드보다 훨씬 재미있게
> 시간을 때울 수 있었다.

곱스톤

두 명이 하는 고대 게임.
각 선수는 곱스톤(돌이나 귀금속으로
만들어진 작고 동그란 구슬)
15개를 보유하며, 상대의 곱스톤을 모
두 포획해야 한다.
포획된 곱스톤은 고약한 냄새가 나는
액체를 뿜어낸다.

빗자루 게임

제일 인기 많은 스포츠는 퀴디치이고,
그 외에 비행과 관련된 여러 가지 게임이
있다. 아이들이 하는 빗자루 게임 중에
션트범프스가 있는데, 상대 선수를
빗자루에서 떨어뜨리는 게임이다.

저절로
섞이는 카드

퀴디치에 관한 내용은 60페이지를 보세요 ➡

통신 수단

예언자일보
영국에서 유일하게 아침마다
전국에 배달되는 마법사 신문.

석간 예언자일보
예언자일보의 석간 신문.
특별히 흥미로운 일이
일어나면 발행됨.

이러쿵저러쿵 잡지
출처가 의심스러운 내용을
싣는 월간 잡지.

라디오
라디오는 마법사들이 일상에서 합법적으로
고쳐 사용할 수 있는 몇 안 되는 머글 개
물품이다. 많은 가정에서 마법사 무선
네트워크(WWN) 방송을 듣는다.

뉴스 보도

" 연구실 한가운데서
불꽃이 번뜩이더니 황금색
깃털 하나가 부드럽게
둥실둥실 바닥으로
내려앉았다. **"**

불사조 마법
일부 지적이고 충성스러운 반려 동물들은
전령 역할을 한다. 폭스는 경고의 의미로
깃털 하나를 남겨 두는 것으로 알려져 있다.

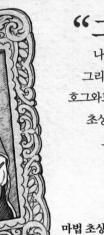

" 그림 속 피니어스
나이젤러스 블랙은
그리몰드가의 초상화와
호그와트 교장실에 걸려 있는
초상화 사이를 빠르게
오갈 수 있었다. **"**

마법 초상화
초상화는 말을 할 수 있고 이
그림에서 저 그림으로 이동할
수도 있다. 마법사가 한 군데가 넘는 곳에
초상화를 놔두면 전령으로 유용하게 쓸
수 있다.

마법 전령들

부엉이 우편
마법사 세계에서 제일 흔한
통신 수단. 부엉이는 비행이 가능한
곳이면 어디든 편지와 신문,
꾸러미를 배달한다.
국내와 국외 배달 모두 가능하다.

" 부엉이들이 바람에 날려 계속 경로를
이탈하는 바람에 우편배달이 지연되었다. **"**

헤르미온느가 연쇄 변화 마법을 어떻게 사용하는지 보려면 129페이지로 가세요

플루 가루

플루 네트워크를 통해 얼굴을 마주 보며 대화할 수 있다. 플루 가루를 벽난로에 던져 넣은 후 상대의 벽난로에 머리를 내밀고 얘기를 나누면 된다.

양면 거울

마법 장치들

부서 간 메모

마법 정부의 각 부서들은 비행기 모양을 한 마법 종이로 메시지를 주고받는다. 종이 비행기들이 건물 안을 이리저리 날아다니는 것이다. 전에는 부엉이를 사용했는데 정신 없이 복잡해져서 종이 비행기로 바뀌었다.

플루 네트워크에 관한 자세한 정보는 48페이지에 있어요

'**이**건 양면 거울이다. 내가 갖고 있는 것과 한 쌍이야. 나한테 말을 걸어야 할 일이 있으면 그냥 여기에 대고 내 이름을 말하거라. 그러면 너는 내 거울에 나타날 테고, 나는 네 거울에 나타나 이야기 나눌 수 있어. 제임스랑 나는 따로 방과 후 징계를 받게 됐을 때 이걸 사용하곤 했단다.'

시리우스 블랙

연쇄 변화 마법

물건들이 서로를 모방하도록 하는 마법이다. 위치에 관계 없이 한 물건에 메시지를 추가하면 다른 물건에도 그 메시지가 나타나게 된다. 학생들은 동전 같은 작은 물건들에 이 마법을 걸어 비밀 통신 수단으로 사용해 왔다.

마법적 대화

패트로누스

패트로누스 주문으로 동물 형상의 마법 수호자인 패트로누스를 만들어 낼 수 있다. 패트로누스는 다른 곳으로 이동해 시전자의 목소리로 메시지를 전할 수 있다.

그런 식으로 패트로누스를 사용하는 방법을 생각해 낸 사람이 바로 알버스 덤블도어이며, 따라서 불사조 사단원만이 알버스 덤블도어에게 와, 그런 식으로 패트로누스를 사용할 수 있다.

마법 불꽃 신호
지팡이로 하늘에 다양한 색깔의 불꽃을 쏘아 올릴 수 있다.

43

'**누**구라도 무슨 문제가 생기면 빨간 불꽃을 쏘아 올리고, 우리가 가서 찾아낼 테니까.'

루비우스 해그리드

플래그라테!
무언가에 마법 표시를 할 수 있는 주문이다.

주문과 신호

어둠의 징표

해골의 입에서 뱀이 튀어나온 모양의 상징이다.

볼드모트 경을 추종하는 '죽음을 먹는 자들'은 하늘에 어둠의 징표를 쏘아올려 자신들의 위치를 나타낸다.

죽음을 먹는 자들의 왼 팔뚝에는 어둠의 징표가 있다. 볼드모트 경은 그 징표를 타오르게 해 그들을 소환한다.

불사조 기사단에 관한 자세한 내용은 174페이지를 보세요

> **"피**그위전은 3미터 넘게 곤두박질친 끝에 간신히 몸을 위로 끌어 올렸다. 다리에 묶인 편지 두루마리가 평소보다 훨씬 길고 무거웠던 탓이다.**"**

부엉이의 모든 것

소쩍새

우편 부엉이

부엉이는 수취인이 어디 있든, 심지어 이름만 있고 주소가 없어도, 수취인을 찾아가 편지를 배달하는 신비한 능력이 있다.

여러분 눈에 보이는 거의 모든 부엉이가 개인이나 부엉이 우체국을 위해 일하는 우편 부엉이라고 보면 된다.

부엉이가 확실하고 신속하게 수취인의 위치를 찾아내는 능력을 갖고 있는 만큼, 부엉이한테서 편지를 받지 않고 거부하려면 격퇴 마법이나 위장 마법, 엄폐 마법 같은 강력한 마법이 필요하다.

> **"**'에롤!' 론이 흠뻑 젖은 올빼미의 발을 잡아당기며 말했다.**"**

큰 회색 부엉이

44

황갈색 올빼미(혹은 솔부엉이)

전령 반려동물

훈련받은 우편 부엉이는 무척 높은 가치가 있다. 인기 있는 반려동물이지만 값이 비싸서, 여러 가정이 부엉이 한 마리를 공유하거나 우체국에서 대여한다.

금눈쇠올빼미

O.W.L.S

O.W.L.s는 새가 아니라 보통 마법사 등급 (Ordinary Wizarding Levels)의 약자로, 호그와트 마법학교 학생들이 5학년 때 치르는 시험이다. 잘생긴 황갈색 올빼미 세 마리가 해리, 론, 헤르미온느의 성적표를 각각 배달했다.

부엉이장

호그와트 마법학교 학생들은 부엉이장에 자기 부엉이를 넣어 둔다. 부엉이장은 돌로 된 둥그런 방으로, 천장까지 횃대가 설치돼 있다. 부엉이 수백 마리를 수용할 수 있는 부엉이장에서 반려 부엉이들은 물론, 누구나 빌릴 수 있는 학교 부엉이들도 함께 생활한다.

누가 어떤 반려 부엉이를 갖고 있는지는 178페이지에 있어요 ➤

흰올빼미

수리부엉이

부엉이 간식

부엉이들은 밤이면 먹을 것을 사냥한다. 생쥐, 들쥐, 개구리를 잡아 오기도 한다. 주인은 부엉이에게 부엉이 간식을 주거나 아일롭스 부엉이 상점에서 파는 부엉이 견과류 몇 상자를 사서 줄 수도 있다.

헤드위그의 놀라운 비행

헤드위그는 어디서든 반드시 길을 찾아낸다.
헤드위그는…

● 찰리 위즐리에게 편지를 배달하기 위해 호그와트 마법학교에서 루마니아까지 비행한다

● 헤르미온느가 전하는 해리의 생일 선물을 가지러 프랑스로 날아간다

● 나이트 버스를 탄 해리가 도착한 지 5분 만에 리키 콜드런에 나타난다

● 프리빗가에서 열대 조류들이 사는 미지의 땅으로 편지를 배달한다. 바로 시리우스 블랙이 숨어 있는 곳이다

● 디멘터를 피해 도주 중인 시리우스에게 편지를 배달한다

● 그리몰드가에서 론과 헤르미온느를 발견하고, 그 둘이 충분히 길게 답장을 쓰지 않으면 계속 쪼아 대라는 해리의 지시를 따른다

외양간올빼미

가면올빼미

예언자일보 배달 부엉이

예언자일보를 배달하는 부엉이들은 가죽 주머니에 돈을 받는다. 헤르미온느는 신문 1부에 1크넛을 지불한다.

예언자일보는 부엉이 주문으로 구매할 수 있는 상품의 광고도 싣는다.

대연회장에서의 아침 식사

"첫날 아침 식사 시간에는 100마리쯤 되는 부엉이와 올빼미가 갑자기 대연회장으로 쏟아져 들어와 주인을 찾을 때까지 식탁 주위를 빙빙 돌다가 그들의 무릎 위에 편지와 소포를 떨어뜨리는 것을 보고 조금 충격을 받았다. **"**

헤드위그는 부엉이치고는 취향이 별나서 종종 해리의 아침 식사를 나눠 먹으려 한다. 그리핀도르의 식탁에서 헤드위그가 먹으려 한 음식은 다음과 같다.

● 오렌지 주스 ● 토스트 약간
● 베이컨 껍질 ● 네빌의 콘플레이크

"하얀 올빼미가 부리를 딱딱 부딪치며 다정스레 그의 귀를 깨물었다… **"**

부엉이 특별 배달 관련 목록은 206페이지에 있어요 ➡

예언차 일보

★★★ 편집자 ★★★
바너버스 커프

마법

덤블도어

블랙의 항

마법 정부의 조사

오늘, 머글 자동차에 마법을 아서 위즐리에게 50갈레온의 마법에 걸린 문제의 자동차는 일으켰으며, 해당 학교 이사 사임을 요구했다.

"위즐리는 마법 정부의 명 말포이 씨가 본지 기자에게 만드는 데 부적합한 인물임이 우스꽝스러운 머글 보호법은

마법 정부의 계속된 실수

리타 스키터 특 따르면 마법 정부 문제는 아직 끝나 것으로 보인다. 월드컵에서의 미 관중 관리로 집중 맞았을 뿐만 아니라 여전히 소속 마법 사람의 실종을 해명하지 못하고 있는 어제 머글 제품 오용 관리과 소속 아 위즐리의 괴상한 행동으로 또다시 곤 처했다.

마법 정부 직원, 복권 1등 당첨으로 떼돈

마법 정부 머글 제품 오용 위즐 복권 위즐 여름 빌이 전문가 에 전했 위즐리 호그와트 예정이다. 다섯 자녀

퀴디치 월드컵 테러 현장

"제 힘은 부모님에게서 물려받은 것 같아요. 저 저를 보시면 분명 엄청 자랑스러워하실 거예요. 요즘도 가끔 밤에 부모님 생각을 하면서 울어요 그 사실이 전혀 부끄럽지 않아요. …저는 대회 치르는 동안 그 무엇도 저를 해칠 수 없다는 부모님이 저를 지켜보고 계시니까요….

해리는 마침내 호그와트에서 사랑을 찾았 가까운 친구인 콜린 크리비는 해리가 헤르 그레인저라는, 현기증 나도록 예쁜 머글 잠깐이라도 떨어져 있는 것을 거의 본 적이 없다 마찬가지로 학교의 최상위권

겁에 질린 채 숲 근처에서 소식이 들려오기 기다리던 마법사들은 마법 정부가 그들을 기대했을지도 모른다. 하지만 애석하게도 말았다. 어둠의 징표가 나타나고 얼마 지 직원이 모습을 드러내더니 아무도 다치지 더 이상의 정보 제공을 거부했다. 그로 시체 몇 구가 옮겨졌다는 소문이 돌았 이 소문을 잠재우기에 충분했

이름을 말해 소년의 정서 가능성이 제기 이상행동과 관련 그가 트라이위

뉴스

편집자: 제노필리우스 러브굿

이러쿵저러쿵

굽은뿔 스노캑이 목격됐다고?

...란 실수

...트 마법학교의 특이한 교장, 알버스 ...는 논란의 여지가 있는 직원을 채용하는 ...도 주저한 적이 없다. 올해 9월, 그는 ...사족을 못 쓰는 것으로 악명 높은 전직 ...스터 무디(속칭 '매드아이' 무디) 를 어둠의 ...법 교수로 임용했다. 누구든 갑작스러운 ...보이면 바로 공격하는 무디의 습관은 잘 ...으므로, 마법 정부의 많은 사람들이 ...정에 눈을 흘겼다. 그러나 매드아이 ...우는 덤블도어가 마법 생명체 돌보기 ...현 인간을 임용한 사실에 비하면 ...어던 것으로 보인다.

...히 미궁 속에

시리우스 블랙 이름처럼 악당인가?

악명 높은 대량 학살자인가, 가요계에 돌풍을 일으킨 결백한 가수인가?

지난 14년 동안 사람들은 시리우스 블랙이 열두 명의 무고한 머글과 한 명의 마법사를 학살한 범죄자라고 믿어 왔다. 2년 전 그가 벌인 대담한 아즈카반 탈출 사건은 마법 정부 사상 최대 규모의 수색 작전으로 이어졌다. 그가 다시 붙잡혀서 디멘터들에게 넘겨져야 마땅하다는 데 의심을 품은 사람은 아무도 없다.

...협박, 불법 빗자루 ...개조, 고문을 동원해 퀴디치 리그에서 우승을 차지해 왔다는 의혹을 제기한 기사.

"증상을 —, 수도 있습니... 전문가는 말... "관심을 호... 그러나 《여... 호그와트

"포터는 뱀의 말... 알아요." 드레이... 말포이(호...와트... "몇... ...당한... ...려기...

...린스웝 6을 타고 달에 ...다 왔다고 주장하면서... 사실을 증명하기 위해 ... 개구리를 한 자루 ... 가져왔다는 마법사.

...것이디

...리 포터의 ...한 정신장애'

...을 물리친 ...있다는 ...포터의 ...드러나,

《예언자일보》가 독점 취재한 내용에 따르면 포터는 학교에서 빈번하게 정신을 잃으며, 자주 이마 흉터 ('그 사람' 이 그를 죽이려고 걸었던 저주의 흔적) 의 통증을 호소한다고

해리 포터, 이제는 말할 수 있다:

...해서는 안 되는

총리의 측근은 최근 그의 가장 간절한 야망이 고블린들의 돈줄을 틀어쥐는 것이며, 필요하다면 그가 무력을 쓰는 일조차 망설이지 않을 거라고 폭로했다. "이번이 처음도 아니에요." 정부 내 관계자... "고블린 파괴자' 코닐리우스 ... 말이죠. 주위에...

경주용 빗자루의
선조격

실버 애로

후치 선생은
실버 애로를 타고
비행을 배웠다

코밋

초와 통스는
코밋 260을 탄다

드레이코가 갖고
있는 빗자루들 중에
코밋 260도 있다

1929년, 팰머스 팰컨스
선수인 랜돌프 케이치와
배즐 호턴은 코밋 무역
회사를 설립했다

뒷바람을 받으면
시속 113킬로미터까지
비행 속도를
높일 수 있음

"엄브리지의 연구실
문에 난 두 개의 커다란
빗자루 모양 구멍도 있었다.
프레드와 조지의 클린스윕이
주인에게 날아가면서
남긴 흔적이었다."

그들이 만든 첫 번째 빗자루가
바로 마법 특허를 받은
호턴-케이치 제동 마법이 걸린
코밋 140이었다

다양한 빗자루들

1926년 밥, 빌,
바너비 올러턴 형제가
클린스윕 빗자루
회사를 설립했다

클린스윕

프레드와 조지는
클린스윕 5를
탔고, 나중에 론은
클린스윕 11을 탔다

첫 번째 모델인
클린스윕 1은 출시 즉시
성공적으로 판매됐다

이러쿵저러쿵 잡지는
클린스윕 6을 타고 달에 갔다 왔다고
주장하면서 그 사실을 증명하기 위해
달 개구리를 한 마리 가져왔다는
마법사와의 인터뷰
실었다

플루 네트워크

플루 네트워크로
이동하려면
마법 벽난로를
거쳐야 한다.

플루 네트워크에 관해 좀 더
자세한 내용을 알고 싶으면
43페이지로 가세요

플루 가루 한 꼬집을
벽난로 불에 던진다.

불꽃이 선명한 진녹색으로
변하면 불 안으로 걸어 들어가
가려는 곳의 지명을 외친다.

장소 이름을 명확하게
발음해야 올바른 벽난로로
나갈 수 있다.

벽난로를 네트워크와
연결하려면 마법 정부의
플루 규제 위원회를
통해야 한다.

머글 벽난로가 사고로
플루 네트워크와 연결되는
것을 막기 위해서다
(임시 연결은 가능).

플루 가루는 13세기에
이그니샤 와일드스미스가
발명했다. 현재 강력한
통제하에 제조되고 있다.

영국에서 유일하게
제조 허가를 받은 회사는
다이애건 앨리에
본사를 둔 플루 파우다.
이 회사는 누가 와서
현관문을 아무리 두드려도
대답하지 않는다.

지금까지 플루 가루가
부족했던 적은 없었다.
가격은 100년 동안 1스푼에
2시클로 유지되고 있다.

마법적

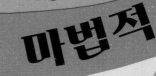

포트키

포트키는
평범한 머글 물건에
'포르투스' 주문을 걸어
만든다. 마법사는
미리 정해진 시간에
포트키를 이용해서
한 장소에서 다른 장소로
이동할 수 있다.

포트키로
변한 물건은
파란 빛을 낸다.
이동 시간이 돼도
파랗게 빛난다.

포트키는 한 번에
여러 명을 이동시킬 수 있다.
1994년 퀴디치 월드컵을 위해
영국 곳곳의 전략 지점에
200개의 포트키가 설치됐다.

"'포트키는 어떤 물건인가요?'
해리가 궁금한 듯 물었다.
'음, 어떤 물건이든 될 수 있지.'
위즐리 씨가 말했다.
'눈에 띄지 않는 물건이어야 하는 건 분명하고.
그래야 머글들의 관심을 끌지 않을 테니까….
머글들은 그냥 쓰레기라고
생각할 만한 물건들이야….'"

호그와트 급행열차

호그와트 급행열차

호그와트 학생들은
킹스크로스역 9와 4분의
3번 승강장에서 기차를
타고 학교로 이동한다.

기차표에 관한 내용은
86페이지를 보세요

슈팅스타

1955년 유니버설
브룸스사는 경주용 빗자루
중 제일 싼 슈팅스타를
출시했다

"론의 낡은 슈팅스타는
종종 지나가는 나비한테도
추월당했다."

판매 초기에 폭발적인
인기를 누렸는데 사용감이
늘수록 속도와 고도가
떨어지는 것으로 나타났다

유니버설
브룸스사는
1978년에 폐업했다

다이아몬드처럼
강한 광택이 있고,
물푸레나무로 만들어진
최고급 유선형 손잡이

최첨단 경주용 빗자루로,
1994년 퀴디치 월드컵에서
아일랜드 팀이 사용했다

고유 등록 번호가
매겨져 있음

슈팅스타는 호그와트
마법학교에서 쓰는
빗자루들 중 하나다

"파이어볼트는 가볍게 건드리기만
해도 이리저리 방향을 틀었다.
빗자루를 쥔 해리의 손이 아니라
마치 그의 생각에 따라 움직이는
것 같았다."

파이어볼트

님부스

1967년,
님부스 경주용
빗자루 제작 회사가
설립됐다

해리의 첫 번째 빗자루는
님부스 2000이고,
맥고나걸 교수에게 받은
선물이다

님부스 1000은 시속
160킬로미터까지 속도를 높일
수 있으며 공중에서
멈춘 채 360도 회전할 수 있다

해리가 2학년 때 루시우스
말포이는 드레이코를
비롯한 슬리데린 퀴디치
팀 모두에게 님부스 2001
빗자루를 사 주었다

절대로 고장 나지 않는
브레이크 마법이 걸려 있어서
10초 안에 시속 0에서
240킬로미터로 가속할 수 있다

해리는 3학년 때
파이어볼트를
선물 받았다

여행 수단

마법사 세계에서 일상적으로 사용하는
이동 수단은 빗자루, 순간이동, 플루 네트워크다.
특별히 용이나 세스트럴,
날아다니는 오토바이를 이용할 때도 있다.

순간이동

● 마법사는 17살이 되면 순간이동 수업을 듣고,
마법 교통부가 주최하는 시험에 통과해야 한다

● 순간이동자가 어떤 장소를 강하게 생각하면
사라졌다가 그 장소에 다시 나타나게 된다

● 순간이동 시에 명심해야 할 세 가지는
목적지, 확신, 신중함이다

● 순간이동은 이동 거리가 멀수록 불안정해지므로,
대륙 간 순간이동은 고도로 숙련된 마법사들만
시도해야 한다

● 동반 순간이동은 순간이동자가 미성년 마법사 같은
동반자를 데리고 이동할 때 사용하는 방법이다

● 순간이동 시 제일 흔한 부상은 신체 분할이다.
몸의 일부가 분리되면 마법 사고 복구반의
도움을 받아야 할 수도 있다

● 마법사의 집 대부분은 원치 않는 순간이동자가 들어올
수 없게 마법적으로 보호되고 있다. 예를 들어,
호그와트 마법학교 구내로는 순간이동해 들어올 수 없다

드물게 쓰이는
이동 수단

● 날아다니는 자동차
● 날아다니는 오토바이
● 용 ● 세스트럴
● 불사조 ● 켄타우로스
● 보바통의 마차
● 사라지는 캐비닛
● 덤스트랭의 배
● 화장실 네트워크
● 타임 터너

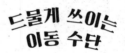

나이트 버스
갈 곳 없는 마법사들이 비상시에
쓰기 좋은 이동 수단

좀 더 자세한 내용은
50페이지를 보세요 ➡

"잘 있었냐, 해리? 여름에 신문에서 네 이름을 굉장히 많이 봤는데, 좋은 얘기는 하나도 없더라. 내가 언한테 그랬지. '우리가 만났을 때는 미치광이 같지 않았는데, 이제 슬슬 티가 나나 봐요?'라고 말이야."
스탠 션파이크

나이트 버스의 기사는 어니 프랭이고 차장은 스탠 션파이크다.

주간에는 좌석이 있고 야간에는 놋쇠 틀로 된 침대들이 있다.

50

나이트 버스

긴급하게 이동 수단이 필요한 마법사가
길가에서 지팡이를 치켜들면 나이트 버스가 나타난다.

'**발**이 묶인 마법사들의
비상 이동 수단, 나이트 버스에
오신 것을 환영합니다.
지팡이를 쥔 손을 뻗고 올라타기만 하면
여러분이 가고 싶은 곳
어디로든 데려다드립니다.'

스탠 션파이크

"얘가 해리 포터래요,
좋다가 보여요!"
스탠 션파이크

육지에서는 어디든
갈 수 있지만
물속으로는 못 간다.

난폭하게 달린다.
뜨끈한 음료가 제공되는데
늘 권할 만하지는 않다.

마법 정부의
19대 총리 더절드
맥파일이 1865년에
나이트 버스를 도입했다.

"**저**기, 런던까지
가는 데는 얼마야?'
'11시클.' 스탠이 말했다.
'하지만 14시클을 내면 코코아를 주고,
15시클을 내면 뜨거운 물이 담긴
물병이랑 네가 선택한 색깔로
칫솔도 줘.'

어린이 1인

"**쿵**. 그들 앞
허공에서 요란한 보라색
3층 버스가 나타나…

트라이위저드 대회 기념 연회

" '연회가 끝난 뒤에
공식적으로 대회가
시작될 겁니다.'
덤블도어가 말했다.
'자, 모두 마음껏 먹고 마시고
편히 즐기세요!' "

다양한 연회들

부활절 달걀

" 해리와 론의
달걀은 용의
알만 한 크기였고
집에서 만든 토피
사탕으로 가득 차
있었다. "

첫 번째 과제를 마친 후

" 아니나 다를까,
그들이
그리핀도르
휴게실에
들어갔을 때
그곳은
환호성과 고함
소리로 터질
듯했다…. "

빌과 플뢰르의 결혼

" 머리숱 많은 마법사가 빌과 플뢰르의
머리 위로 마법 지팡이를 높이 들어 올리자 은색 별들이
그들 위로 쏟아지면서, 이제는 서로를 꽉 껴안은
두 사람 주위를 소용돌이처럼
빙글빙글 돌았다. "

해리의 생일 파티

" 열일곱 살이다, 이거지!'
해그리드가 양동이 크기의 와인 잔을
프레드에게서 받아 들며 말했다.
'우리가 만난 지 꼭 6년이다, 해리. 기억나냐?'
'어렴풋하게요.' 해리가 씩 웃으며 그를 올려다봤다.
'아저씨가 현관문을 부수고 들어와서
더들리한테 돼지 꼬리를 달아 주고
저더러 마법사라고 말해 주지
않으셨어요?' "

호그와트 마법학교에서 보낸
해리의 첫 번째 크리스마스

❝**해**리 평생 최고의
크리스마스였다.❞

크리스마스 무도회

❝**대**연회장 벽은
온통 반짝이는 은빛 성에로 뒤덮여 있었다.
겨우살이와 담쟁이덩굴로 만든
화환 수백 개가 별이 총총한
새까만 천장 가득 매달려 있었다.
기숙사 식탁이 사라진 자리에는 등불로 밝혀진
작은 탁자가 100개 넘게 놓여 있었고
탁자마다 열두어 명씩 앉아 있었다.❞

그리몰드가의 크리스마스

❝**시**리우스가 발을
쿵쿵거리며 그들이
있는 곳을 지나
벅빅의 방으로 가면서
목청껏 '히포그리프야,
기뻐하여라'라고
노래하는 소리가
들렸다.❞

인물별 의상

알버스
덤블도어

리타 스키터

시빌 트릴로니

덜로리스
엄브리지

미네르바
맥고나걸

재미난

옷 모음

56

호그와트
마법학교복

곱스트랭
마법학교복

교복

해리
포터

론
위즐리

헤르미온느
그레인저

드레이코
말포이

폴라리
트라코구르

펫지
파킨슨

루비우스
해그리드

미네르바
맥고나걸

크리스마스 무도회

파르바티
파틸

파드마
파틸

퀴리누스 퀴럴

걸러모이 록허트

오거스타 롱보텀

루베우스 해그리드

코닐리어스 퍼지

집요정 도비

위즐리 가족 스웨터

" '너는 왜 스웨터 안 입고 있냐, 론?'
조지가 물었다. '자, 얼른 입어.
아주 사랑스럽고 따뜻해.'
'난 고동색이 싫어.' 론이 스웨터에 머리를
집어넣으며 심드렁하게 말했다.
'네 스웨터엔 글자가 없네.' 조지가 말했다.
'너는 네 이름을 까먹지 않는다고 생각하시나 봐.
하지만 우리도 바보는 아닌데….
우리 이름이 그레드랑 포지라는 것
정도는 알거든.' **"**

프레드와
조지

론

해리

도비

퍼시

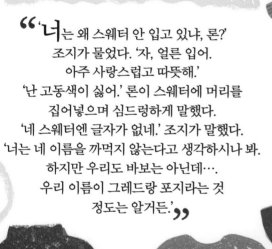

마법사 세계에는
독특한 속담이 많아서 대화 중에
자주 사용된다.

"농담이에요, 저 프레드 맞아요."
프레드 위즐리

"뭐, 엎질러진 마법약 앞에서
울어 봐야 소용없지…. 이건 뭐
픽시들 한가운데
고양이를 풀어놓은 격이야."
아라벨라 피그

"독버섯 얼룩은
바뀌지 않는 법이지."
론 위즐리

속담과

"이런, 고르곤이 골골댈 노릇이군. 네 말을 들으니까
생각나네." 해그리드가 짐마차 끄는 말도 쓰러뜨릴 법한
힘으로 자기 이마를 철썩 치며 말했다.

"그런 미신 있잖아?
'5월에 태어난 여자 마법사는
머글과 결혼하게 된다.'
'해 질 때 건 장난 마법은 자정이면 풀린다.'
'딱총나무 지팡이로 마법을 걸면 절대
성공하지 못한다.'
너도 틀림없이 들어 봤을걸. 우리 엄마는
그런 얘기들을 훤히 꿰고 있어."
론 위즐리

"멀린의 잔뜩 늘어진
삼각팬티를 걸고,
대체 왜 그런 거야?"
론 위즐리

"늙은 사기꾼 도지는 이제 그만
히포그리프에서 내려올 때도 됐어요. 저한테는
대부분의 기자들이 마법 지팡이와 맞바꿔서라도
만나고 싶어 할 정보원이 있거든요."
리타 스키터

"멀린의 턱수염 끝으니."
무디가 지도를 유심히 바라보며 중얼거렸다. 그의 마법 눈이 미친 듯이
움직였다. "이거… 이거 대단한 지도로구나, 포터!"

"위즐리가 또 있어?
너희는 땅요정처럼 번식을 해 대는구나."
뮤리엘 고모할머니

"시간은 갈레온이란다, 동생아."
프레드가 말했다.
프레드 위즐리

"도착하기 전에는 부엉이를 세어 보지 말라는 얘기가 있지."
덤블도어가 진지하게 말했다. "그러고 보니 오늘 늦게 부엉이가 성적표를 갖고 도착하겠구나."

1 불길한 징조

"**죽**음의 개라고, 얘야. 죽음의 개!'
트릴로니 교수가 소리쳤다.
그녀는 해리가 이해하지 못하자
무척 놀란 듯했다.
'교회 묘지를 헤매고 다니는 커다란
유령 개 말이다! 얘야,
이건 나쁜 징조야. 최악의 징조지.
죽음의 징조!'"

미신

동화 ②

"**옛**날 옛적, 삼 형제가 해 질 녘에
으슥한 꼬부랑길을 걸어가고 있었습니다.
'우리 엄마는 항상 한밤중이라고 했는데.'
기지개를 켜다가 두 팔을 머리 뒤로 한 채 귀를 기울이던
론이 말했다. 헤르미온느가 짜증스러운 눈길로
그를 쏘아보았다.
'미안, 난 그냥 한밤중이면
좀 더 으스스할 것 같았어!'
론이 말했다.
'그래, 우리 삶에서 확실히
공포가 부족하긴 하지.'
해리가 못 참고 말했다."

"**그**것들이 바로 죽음의 성물이야.'
제노필리우스가 말했다. 그는 팔꿈치께의 어수선한
탁자에서 깃펜을 집어 들더니 책 더미 사이에서
찢어진 양피지를 꺼냈다. '딱총나무 지팡이.'
그는 그렇게 말하며 양피지에 세로로 선을
쭉 그었다. '부활의 돌' 하고 말한 뒤에는
세로선 위에다 원을 그렸다.
'투명 망토.' 그는 선과 원을 에워싸는
삼각형을 그려서 헤르미온느가 그토록 의문을 품었던 상징을
완성시키며 말을 맺었다.
'이 모든 것을 합치면…' 그가 말했다.
'죽음의 성물이 완성된다.'"

3 크기

"**그**이름 말하지 마!'
론이 거친 목소리로 그녀의 말을 잘랐다.
해리와 헤르미온느는 서로 시선을 주고받았다.
'미안.' 론이 그들을 보려고 몸을 일으키다가
작게 신음했다. '하지만 그게 꼭… 꼭 저주나
뭐 그런 것처럼 느껴진단 말이야. 그냥
'그 사람'이라고 부르면 안 돼? 부탁이야.'"

4 음모

"**오**러들은 로트팽 음모와 관련이 있어.
그건 다들 알고 있을걸.
오러들은 어둠의 마법과 잇몸병을
결합시켜서 마법 정부를 안에서부터
무너뜨리려 하고 있어.'"
루나 러브굿

5 예지력

"**수**정구 속 애매한 조짐을
해석하는 데 도움이 필요한 사람?'
그녀가 짤랑거리는
팔찌 소리를 내며 중얼거렸다.
'도움 필요 없는데.' 론이 속삭거렸다.
'이게 무슨 뜻인지는 뻔하지.
오늘 밤에 안개가 많이 낄 거라는
뜻이잖아.'"

6 미신

"**제**가 앉으면 열세 명이 된답니다!
그보다 불길한 일은 없지요! 절대 잊지 마세요. 열세
사람이 같이 식사하면 처음 자리를 뜨는 사람이
가장 먼저 죽는다는 걸요!'
'그런 위험은 감수하겠습니다, 시빌.'
맥고나걸 교수가 참지 못하고 말했다.
'앉아 주세요, 칠면조가 돌처럼 식어 갑니다.'"

숫자점 ⑦

"**7**은 가장 강력한 마법의 숫자잖아요.'"

퀴디치

> **'그건 우리가 하는 스포츠야. 마법사들의 스포츠지. 그러니까… 머글 세계의 축구랑 비슷한 거야. 모두가 퀴디치를 보거든. 빗자루를 타고 하늘을 날면서 하는 경기인데, 공이 네 개 있고…. 규칙을 설명하는 게 좀 힘드네.'**
>
> 루비우스 해그리드

퀴디치 공

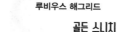

쿼플
가죽, 30센티미터

- 움켜쥐기 마법: 떨어질 때 낙하 속도가 느려지도록 마법이 걸려 있다.
- 추격꾼이 쿼플을 골대에 통과시키면 10점을 얻는다.

골든 스니치
금속, 호두알 크기

- 포획을 피하고 경기장 안에 머물도록 하는 마법이 걸려 있다.
- 수색꾼이 골든 스니치를 잡으면 150점을 획득하고 경기가 끝난다.

블러저 2개
강철, 25센티미터

- 제일 가까이에 있는 선수를 쫓아가 공격하는 마법이 걸려 있다.
- 몰이꾼은 방망이를 이용해 자기 팀한테서 멀리 블러저를 쳐 낸다.

> **'와, 이런. 퀴디치만큼 재미있는 스포츠가 어디 있다고.'**
>
> 론 위즐리

파수꾼

몰이꾼

수색꾼

추격꾼

선수들은 경계선을 넘어가지 않는 한, 경기장 위쪽으로 얼마든지 높이 날아올라도 된다.

경기장

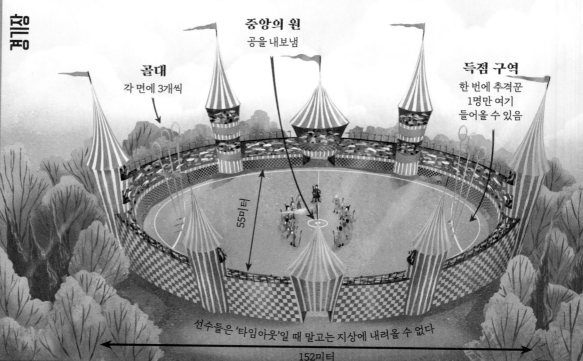

중앙의 원
공을 내보냄

골대
각 면에 3개씩

득점 구역
한 번에 추격꾼 1명만 여기 들어올 수 있음

55미터

선수들은 '타임아웃'일 때 말고는 지상에 내려올 수 없다

152미터

경기장으로 가는 방법

머글들의 의심을 피하기 위해 시차를 두고 경기장에 도착했다. 값싼 입장권을 소지한 사람들은 2주 전에 미리 도착해 있어야 했다.

머글 교통수단

몇몇 사람에 한해 기차와 버스 이용이 허용됐다.

순간이동

마법사들은 머글들 눈에 띄지 않는, 근처 숲의 순간이동 지점으로 순간이동할 수 있었다.

포트키

영국 곳곳의 전략 지점에 200개의 포트키가 설치돼 있었다.

머무는 곳

월드컵 관중은 경기장에서 가까운 머글 야영장에 머물렀다.

방문객들은 마법을 사용하지 않고 머글 방식으로 텐트를 설치해야 했다.

1994년 퀴디치 월드컵

영국 다트무어에서 결승 경기가 열렸다. 아일랜드 대 불가리아 경기를 보기 위해 전 세계에서 수십만 명의 마법사들이 모여들었다.

빅토르 크룸
불가리아 수색꾼

경기 하이라이트

매 머리 공격 대형

아일랜드 추격꾼 세 명이 화살촉 모양으로 바짝 붙어 날면서 불가리아 선수들을 향해 돌진한다.

포르스코프 전술

불가리아 몰이꾼이 쿼플을 들고 있는 아일랜드 추격꾼을 향해 방망이로 블러저를 쳐서 날려 보내자, 아일랜드 추격꾼은 블러저를 피하려 몸을 숙이다가 쿼플을 놓치고 만다.

브론스키 페인트

불가리아 수색꾼 크룸이 아일랜드 수색꾼을 따라오게 만들려고 지상으로 급강하한다. 크룸은 아슬아슬하게 급강하를 멈추지만 아일랜드 수색꾼은 그대로 땅바닥에 충돌하고 만다.

❝ 해리는 옴니오큘러스를 이쪽저쪽으로 돌리며 경기장에서 벌어지는 싸움을 뚫어지게 바라보았다. 쿼플이 선수들 사이에서 총알처럼 빠르게 이 손에서 저 손으로 옮겨 다니고 있었다. **❞**

61

기념품

- 높은 소리로 선수들의 이름을 외쳐 대는 야광 장미 장식
- 유명 선수들을 본뜬 수집용 피규어
- 흔들면 국가를 연주하는 아일랜드 국기와 불가리아 국기
- 작은 파이어볼트 모형
- 춤추는 토끼풀로 꾸며진 초록색 뾰족 모자
- 포효하는 사자가 그려진 불가리아 스카프
- 옴니오큘러스

퀴디치의 역사

962년 하늘을 나는 빗자루에 관해 최초로 기록됨

1000년대 퀴어디치 마시에서 초기 형태의 경기가 시작됨

초기 블러저 (마법을 건 돌덩이)

초기 골대 (술통으로 만듦)

초기 쿼플 (가죽 공)

1100년대 이 경기에 퀴디치(Kwidditch)라는 이름이 붙음. 선수들은 방망으로 돌멩이를 치거나 공을 추격해 술통에 넣어 점수를 올림

1200년대 장대 위에 바구니를 매달아 골대로 사용. 각 팀의 파수꾼이 골대를 지킴

1400년대 초 프랑스, 노르웨이 같은 유럽 국가들로 퀴디치가 퍼져 나감

골대 바구니들

추격꾼 ('잡이꾼'이라 불림)

몰이꾼 ('블루더'를 치는 역할)

파수꾼

1368년 마법사 의회는 마을로부터 160킬로미터 이내 지역에서 퀴디치 경기를 하는 것을 금지

1473년 최초의 퀴디치 월드컵이 개최됨. 그 후 4년마다 개최. 1473년 결승전은 역사상 가장 폭력적인 경기로 남았음

1269년 골든 스니젯이라는 새를 퀴디치 경기장에 풀어 주고 선수들이 쫓아가 붙잡는 식으로 경기를 함

골든 스니치

스니치 아님

1300년대 중반 스니젯이 보호 종으로 지정되자, 고드릭 골짜기의 보먼 라이트가 스니젯을 대체할 마법 공을 발명함

1500년대 초 팀들이 금속 블러저를 사용하기 시작

수색꾼

1269-1300년대 중반 스니젯을 붙잡는 식의 경기를 하다 보니 이 마법 새의 개체수가 급격히 줄어 멸종 위기에 놓임

블러저

1692년 마법 스포츠부가 국제 마법 비밀 유지 법령의 지침을 시행하기 시작

1711년 쿼플이 눈에 더 잘 보이도록 붉은색으로 물들임. 쿼플의 색이 바뀐 직후 데이지 페니폴드가 오늘날에도 사용되는 쿼플 공을 발명함

페니폴드 쿼플

1750년 마법 스포츠부가 표준 퀴디치 규칙을 제정

1877년 아무도 기억하지 못하는 월드컵. 이 해의 월드컵에 관한 기억이 전부 사라졌는데, 몇몇 선수들은 불가사의한 부상을 입은 상태였음. 1878년에 월드컵 경기가 재개됨

1674년 영국과 아일랜드 퀴디치 리그가 탄생. 매년 13팀이 리그 우승컵을 차지하기 위해 경쟁함

1883년 보다 공정한 경기를 위해, 골대 바구니 대신 끄트머리에 둥근 테가 있는 골대를 사용하기로 하자 많은 팬들이 분노함

63

1652년 유럽 컵이 시작됨

1884년 다른 추격꾼들이 파수꾼을 들이받지 못하게 하기 위해, 쿼플을 가진 추격꾼만이 득점 구역 안으로 들어갈 수 있게 하는 새로운 규칙이 제정됨

1620년 경기장 내에 득점 구역이 생기고 파수꾼은 그 구역 안에 머물도록 권장됨

1926년 스포츠용으로 특별히 디자인된 최초의 경주용 빗자루 클린스윕 1이 발명됨

1600년대 유럽 이외의 나라들도 참가하게 되면서 진정한 의미의 월드컵이 됨

1994년 해리 포터가 아일랜드와 불가리아가 맞붙는 퀴디치 월드컵 결승전을 보러 감

1538년 다양한 마법 반칙을 막기 위해 상대팀에게 마법 지팡이를 사용하는 것이 금지됨

3

마음을
사로잡는 곳
그리고
괴상한 장소들

마법사 세계로 들어갈 수 있는 아찔한 방법들을 알아보자. 다이애건 앨리에서 들려오는 잡담에 흠뻑 빠져들고, 아무도 기억 못 할 만큼 오랫동안 마법 용품을 판매해 온 상점들도 구경해 보자. 버로 구석구석을 살펴보고 눈 덮인 호그스미드 마을의 그림엽서 같은 풍경을 즐겨 보자. 이 여정의 끝인 9와 4분의 3번 승강장에서, 출발 준비가 된 호그와트 급행열차를 만나 보자.

해리와 관련 있는 마법 장소들

마법의 힘으로 숨겨져 있는
호그와트 마법학교

호그스미드 마을

스피너스가

스코틀랜드

코크워스
미들랜즈

• 러브굿 가족의 집 •남부 해안•

북아일랜드

딘 숲
글로스터셔

어퍼 플래글리
요크셔

• 고드릭 골짜기 •웨스트 컨트리•

웨일스

잉글랜드

런던

1994년 퀴디치
월드컵 경기장
데번의 다트무어

리틀 윈징
서리주

셸 코티지
콘월의 틴워스

뾰루

오터리 세인트
캐치폴
남부 해안

아즈카반
위치 파악 불가

9와 4분의 3번 승강장
킹스크로스역

리키 콜드런
채링크로스가

다이애건 앨리

프리빗가 4번지

그리몰드가 12번지
위치 파악 불가

마법 정부

세인트 멍고
마법 질병 상해 병원

• 리틀 행글턴 •

* 중요한 주소들 *

위즐리 가족의 집
버로, 오터리 세인트 캐치폴

빌 위즐리와 플러르 들라쿠르의 집
셸 코티지, 콘월의 틴워스

러브굿 가족의 집
오터리 세인트 캐치폴 마을 근처 언덕배기

더즐리 가족의 집
서리주 리틀 윙징 프리빗가 4번지

불사조 기사단의 비밀 본부
런던 그리몰드가 12번지

세베루스 스네이프의 집
코크워스 스피너스가

바틸다 백숏의 집
고드릭 골짜기

리들 가족
리틀 행글턴

• 말포이 대저택 • 윌트셔 •

세인트 멍고 마법 질병 상해 병원 168페이지

아즈카반 172페이지

다이애건 앨리 70페이지

그리몰드가 80페이지

버로 82페이지

러브굿 가족의 집 88페이지

호그와트 마법학교 86페이지

마법 정부 162페이지

PURGE & DOWSE

세인트 멍고 마법 질병 상해 병원

마법 정부 – 손님용 출입구

플루 네트워크를 이용

마법 세계로

W.O.M.

다이애건 앨리에 온 걸 환영합니다

> **'런**던에서 이걸 다 살 수 있다고요?'
> 해리가 큰 소리로 물었다.
> '어딜 가야 하는지만 알면.' 해그리드가 말했다.

유명한 마법 쇼핑 거리인
다이애건 앨리에
들어가는 방법

1. 채링크로스가에서 리키 콜드런으로
   들어가기(머글들은 볼 수 없는
   허름한 술집임)

2. 벽으로 둘러싸인 작은 뜰을 찾기
   (술집을 통과해서 뒷문으로
   나가야 함)

3. 쓰레기통 위쪽의 벽돌들을 헤아리기
   (위로 세 칸… 옆으로 두 칸…)

4. 벽을 세 번 두드리기

> **해**그리드가 두드린 벽돌이
> 흔들리고 움찔거리더니 벽 한가운데
> 조그만 구멍이 나타나 점점 커졌다.
> 다음 순간 두 사람은 해그리드도 충분히
> 들어갈 만큼 큰 아치형 입구를
> 마주 보고 있었다. 그 아래로 자갈길이
> 시선이 닿지 않는 곳까지
> 구불구불 이어져 있었다.

'안 돼, 크룩섕스, 안 돼!'

'그 괴물을
산 거야?'

'엄마, 피그미 퍼프
한 마리 키우면 안 돼요?'

'정말
매력적이지
않아?'

'용의 간 28그램에 16시클이나
받겠다고? 미친 거 아냐?'

'그《괴물들에 관한
괴물책》어땠어?
두 권 필요하다니까
점원이 거의
울려고 하더라.'

'《미래의 안개 걷어내기》.
점치는 방법의 모든 기초를
알려 주는 아주 좋은 책이지.
손금 보기, 수정구슬점,
새 창자점….'

'호그와트 반장들과
그들의 진로에 관한 연구…
그거 엄청 재밌겠네….'

'저것 봐. …신형
님부스 2000이야.
여태까지 나온 빗자루
중에서 가장 빠르대.'

'늘 마시던
걸로
하겠나,
해그리드

'이게 루나스코프라는 거야,
친구. 이제 더는
달 도표를 가지고 꾸물거릴
필요가 없다니까?'

'뭐, 바꾸기
싫다면 이
쥐 강장제를
써 보렴.'

'유명하신 해리 포터….
신문 1면에 실리지 않고는
서점도 못 가는구나.'

'이걸 한번 써 보렴. 너도밤나무 소재에 용의 심장 근육을 넣은 거다. 23센티미터짜리지. 다루기 좋고 유연하단다. 그냥 집어 들고 한번 흔들어 봐라.'

'3갈레온 9시클 1크넛 되겠습다…. 토해 내세요.'

'막 나온 거야…. 시제품이지….'

'아, 나라면 그 책은 안 읽을 거야.… 사방에서 죽음의 징조를 보게 될 테니까. 그러면 누구든 겁먹어 죽을 만하지.'

'나는 여태껏 팔았던 지팡이를 모두 기억한단다, 포터 군. 하나하나 전부 다.'

다이애건 앨리
1번지

런던에서 제일 오래된 술집. 채링크로스가가 존재하기 전부터 그 자리에 있었다.

다이애건 앨리와 같은 시기인 16세기 초에 만들어진 술집이라는 얘기도 있다.

리키 콜드런에서 파는 맥주 중에 '갬프의 오래된 무리들'이라는 맥주가 있는데 지금까지 잔을 비운 사람이 한 명도 없을 정도로 엄청나게 맛없었다.

위층에는 여행자들을 위한 방이 몇 개 있다.

해리가 머문 11호실에는 편안한 침대, 윤기 나는 오크나무재 가구, 벽난로, 세면대 위의 말하는 거울이 갖춰져 있다.

'다시는 이 책을 들여놓지 않을 거야. 절대로! 완전히 아수라장이야! 《투명에 관한 투명책》 200권을 들여놨을 때가 최악이라고 생각했는데. 돈은 엄청 들었는데 도저히 그 책들을 찾을 수가 없었거든….'

'저기, 해리. 난 리키 콜드런에 가서 술이라도 가볍게 한잔하고 기운을 차릴까 하는데, 괜찮겠니? 그놈의 그린고츠 수레는 정말 끔찍하단 말이야.'

'네가 뭔가 엄청난 일을 해낼 거라고 기대해야 할 것 같다, 포터 군….'

'세상에서 가장 빠른 빗자루 맞죠, 아빠?'

'우리 아버지는 옆 가게에서 내 책을 사는 중이고, 어머니는 저쪽 거리에서 마법 지팡이를 보고 있어.'

'아버지를 졸라서 하나 사 달라고 해야겠어. 어떻게든 몰래 가지고 들어가게.'

'아일랜드 국가대표팀이 방금 막 멋진 물건 일곱 개를 주문했습니다!'

"뒤쪽 보이지 않는 머글 거리에서 버스가 굴러가는 소리와 보이지 않는 군중이 내는 소음이 들렸다.**"**

다이애건
— 앨리의 —
상점들

LEAKY CAULDRON 1

Gambol and Japes WIZARDING JOKE SHOP 4

OBSCURUS BOOKS 3

FLOREAN FORTESCUE'S ICE-CREAM PARLOUR 5

Gringotts WIZARDING BANK 6

ALL SIZES / COPPER, BRASS / PEWTER, SILVER / SELF-STIRRING / COLLAPSIBLE / CAULDRONS 7

Madam Malkin's ROBES FOR ALL OCCASIONS 2

> **로**브를 파는 가게,
> 망원경과 해리가 한 번도
> 본 적 없는 이상한 은제
> 기구들을 파는 가게가 있었고,
> 박쥐 내장이나 뱀장어 눈알이
> 들어 있는 통이 창문 안쪽에
> 차곡차곡 쌓여 있는 가게도
> 있었으며, 책과 깃펜, 양피지
> 두루마리, 마법약을 넣는 병,
> 지구본처럼 생긴 달 모형 등이
> 곧 쓰러질 듯 높이 쌓여 있는
> 가게도 있었다. **"**

1. 리키 콜드런
2. 어디서나 잘 어울리는 말킨 부인의 로브 전문점
3. 옵스큐러스 출판사
4. 갬볼 앤 제이프스 웃기는 마법 가게
5. 플로리언 포테스큐 아이스크림 가게
6. 그린고츠 마법사 은행
7. 솥단지 가게
8. 플루 파우
9. 약재상
10. 트윌피트 앤 태팅
11. 예언자일보
12. 마법 동물원
13. 고급 퀴디치 용품점
14. 플러리시 앤 블러츠 서점
15. 위즐리 형제의 위대하고 위험한 장난감 가게
16. 아일롭스 부엉이 상점
17. 위즈 하드 북스 출판사
18. 올리밴더: 서기전 382년부터 훌륭한
    지팡이를 만들어 온 사람들
19. 녹턴 앨리
20. 보긴 앤 버크

약재상

다이애건 앨리

> "그런 다음 그들은 약재상에 들렀는데, 그곳은 상한 달걀과 썩은 양배추를 섞어 놓은 듯한 끔찍한 냄새를 보상하고도 남을 만큼 멋진 곳이었다. 바닥에는 뭔가 끈적끈적한 게 잔뜩 들어 있는 커다란 통이 여러 개 있었고, 벽을 따라 약초와 말린 뿌리, 밝은색 가루가 들어 있는 단지가 줄지어 있었으며, 천장에는 깃털 묶음이며 송곳니와 이리저리 얽힌 발톱들을 엮어 놓은 줄이 매달려 있었다."

바이콘 뿔 가루

흐름초

붐슬랑 독사 가죽

베조아르
염소의 위에서 채취한 돌. 대부분의 독에 해독제로 쓸 수 있음

백리향

플로버웜
플로버웜의 분비물은 마법약을 끈적끈적하게 만드는 데 사용됨

아스포델 뿌리 가루
약쑥 우린 물에 넣으면 '살아 있는 죽음의 물약'을 만들 수 있음

수축 물약 재료
- 데이지 뿌리(다지기)
- 쪼글쪼글 무화과(껍질을 벗김)
- 애벌레(얇게 썬)
- 쥐 내장(1개만)
- 거머리즙(약간)

쥐

내장

아가미풀
물속에서 편하게 숨을 쉴 수 있게 해줌

식초에 절인 머틀랩
+ 촉수 +

머틀랩 진액은 피를 멎게 하고 종기를 가라앉히는 효과가 있음. 복용 시 저주와 장난 마법에 대한 저항성을 높여줌

과다 복용 시 흉측한 보라색 귀털이 생겨남

살아 있는 죽음의 물약 제조법은 145페이지에 있어요 ➡

용 발톱

가루를 내서 쓰면 머리 회전을
빠르게 해줌

28그램에 **16**시클

용의 간

딱정벌레 눈알

1국자에 5크넛

장어 눈알

뱀의 송곳니

종기 치료에 쓰는
단순한 마법약

- 으깬 뱀의 송곳니
- 말린 쐐기풀

거머리

투구꽃

용 혹은 늑대꽃이라고 불림

꽃박하
진액

상처 치료용

사랑의 묘약 제조에 쓰임.
학질 치료 시 통째로 삼켜야 함

얼린
애시윈더의
알

약쑥
우린 물

S 75

쥐오줌풀 뿌리

폴리쥬스
마법약 재료

- 풀잠자리(21일 동안 약한 불로 끓임)
- 거머리
- 흐름초(보름달이 떴을 때 따야 함)
- 바이콘의 뿔(가루)
- 붐슬랑 독사 가죽(잘게 썬)
- 변하고 싶은 사람의 몸의 일부

풀 잠 자 리

자버놀의
깃털

베리타세룸과
기억력 향상 마법약
제조에 사용됨

유니콘의
뿔

소포포러스
콩

월장석
가루

헬레보레 시럽을 섞어
안정 물약을 만듦

나르크

21 갈레온

올리밴더

~ 서기전 382년부터 ~
훌륭한 지팡이를 만들어 온 사람들

❝두 사람이 들어서자
가게 안쪽 깊은 곳에서
딸랑딸랑 종소리가 났다.
가냘픈 의자 하나를 빼면 아무것도
없는, 아주 작은 공간이었다.
해그리드는 그 의자에
앉아 기다렸다.❞

개릭 올리밴더는 세계에서
가장 훌륭한 지팡이 제작자로
널리 알려져 있다. 전 세계 마법사들이
다이애건 앨리에 있는
개릭의 수수하지만 유명한 가게를
계속해서 찾는 이유다.

개릭은 손님의 치수부터 잰 후
손님에게 내줄 지팡이들을 고른다.
손님은 지팡이를 하나씩 흔들어 보면서
마법을 쓰기에 제일 알맞은
지팡이를 찾는다.

❝올리밴더 씨는 주머니에서
은색 표시가 되어 있는
기다란 줄자를 꺼냈다.
'지팡이 잡는 손이 어느 쪽이지?'❞

❝마법사가 지팡이를 고르는 게 아니라 지팡이가 마법사를 고른다는 거, 기억하지?❞

— 개릭 올리밴더

리머스 루핀
유니콘 털
사이프러스, 26센티미터

개릭 올리밴더
용의 심장 근육
서어나무, 32센티미터(살짝 휘어짐)

길더로이 록하트
용의 심장 근육
벚나무, 23센티미터(살짝 휘어짐)

시빌 트릴로니
유니콘 털
개암나무, 24센티미터(아주 유연함)

퀴리누스 퀴럴
유니콘 털
오리나무, 23센티미터(잘 휘어짐)

론 위즐리
유니콘 털
버드나무, 36센티미터

해리 포터
불사조 꼬리 깃털
호랑가시나무, 28센티미터(유연함)

헤르미온느 그레인저
용의 심장 근육
포도나무, 27센티미터

루비우스 해그리드
오크나무, 41센티미터
(상당히 잘 휘어짐)

네빌 롱바텀
유니콘 털
벚나무

S
76

마법 지팡이 목록

미네르바 맥고나걸 ↑
자작나무, 20센티미터
용의 심장 근육

미세리우스 페티버 ↑
전나무, 24센티미터(뻣뻣함)
용의 심장 근육

벨라트릭스 레스트레인지 ↑
호두나무, 31센티미터(단단함)
용의 심장 근육

톰 리들 ↑
불사조 꼬리 깃털
주목나무, 34센티미터

릴리 포터 ↑
버드나무, 26센티미터
(휙휙 소리가 남)

제임스 포터 ↑
마호가니, 28센티미터
(유연함)

피터 페티그루 ↑
용의 심장 근육
밤나무, 23센티미터(잘 부러짐)

세드릭 디고리 ↑
유니콘 털
물푸레나무, 31센티미터(기본 좋게 탄력 있음)

드레이코 말포이 ↑
유니콘 털
산사나무, 25센티미터(적당히 탄력 있음)

루시우스 말포이 ↑
용의 심장 근육
느릅나무

"이곳의 먼지와
정적이 어떤 비밀스러운
마법으로 그렇게
만드는 것 같았다."

S
77

"먼지 낀 유리창
안쪽에는 색 바랜 보라색
쿠션 위에 마법 지팡이
하나가 놓여 있었다."

지팡이학에 관한 내용은 134페이지에 있어요 ➜

다이애건 앨리 93번지
위즐리 형제의 위대하고 위험한 장난감 가게

"불꽃놀이를 전시해 놓은 것 같은 프레드와 조지의 진열창이 눈에 확 들어왔다. 무심하게 지나가던 사람들이 어깨너머로 진열창을 돌아보았고, 몇몇은 깜짝 놀란 표정으로 얼어붙은 듯 멈춰 섰다. 왼쪽 진열창은 빙빙 돌고 펑펑 터지고 번쩍이며 튀어 다니고 비명을 질러 대는 온갖 물건으로 가득해 머리가 어지러웠다. "

몽상 마법

특허 받은 몽상 마법
웬만한 학교 수업 시간에도 쉽게 사용할 수 있으며 들킬 염려가 없습니다
(부작용으로 멍한 표정을 지을 수 있고, 경미하게 침을 흘릴 수 있습니다)
☀ 16세 미만에게는 판매하지 않습니다 ☀

피그미 퍼프

"위층에서 시범 보였던 휴대용 늪을 구입하고 싶은 사람은 다이애건 앨리 93번지 '위즐리 형제의 위대하고 위험한 장난감'으로 와. …우리가 새로 연 가게야!"
프레드 위즐리

먹을 수 있는 어둠의 징표
누구라도 아프게 만듭니다!

1톤 헛배닥 토피

카나리아 크림
1개당 7시클

길어지는 귀

방패 장갑과 모자

마법 정부가 보조 인력에게 지급하기 위해 구매해 간 모자

방패 망토

부엉이 주문 서비스

물건이 몰수당하지 않게 숨겨주는 기능도 있음

위즐리의 잉잉대는 도깨비불

꾀병 과자 세트

• 속 뒤집어지는 사탕 •
• 펄펄 열나는 퍼지 •
• 졸도하는 장식 케이크 •
• 코피 캔디

비밀 재료: 독시 독, 독손가락 씨, 머블랩 진액

두 가지 색, 두 가지 맛의 씹는 사탕

직접 맛보고 시험해 본 제품 호그와트에서는 사용 금지

지루한 수업을 피할 수 있어요

절반을 먹으면 수업을 빼먹을 수 있고 나머지 절반을 먹으면 다시 몸이 멀쩡해지죠

졸도하는 장식 케이크

코피 캔디

속 뒤집어지는 사탕

펄펄 열나는 퍼지

속 뒤집어지는 사탕

졸도하는 장식 케이크

보통 불꽃-5갈레온
호화판 화염-20갈레온

위즐리 형제의
★ NO. 93 ★
위험한 장난감들

★ 장난감은 호그와트에서 전면 금지돼 있음

그 사람 YOU-KNOW-WHO 을 왜 걱정하십니까?
그 응가 U-NO-POO 를 걱정하셔야죠!

이 나라를 사로잡고 있는

변비 돌풍!

미끼 나팔

"그리고 미끼 나팔은 날개 돋친 것처럼 팔리고 있어. 봐."
프레드 위즐리

깃펜

· 자동 잉크 채우기 · 맞춤법 확인
왕아서 재치 있는 담요름

머글 마술 도구

원더위치

머리가 없어지는
1개에 2갈레온
모자

사랑의 묘약 최대 24시간 효과 지속

품질 보증
10초 만에 여드름 없애는 약

여드름 없애는 약

즉석 암흑 가루

"봐 봐, 즉석 암흑 가루야. 페루에서 수입해 오고 있어. 재빨리 도망차고 싶을 때 편리해."
조지 위즐리

속임수 마법 지팡이

속임수 마법 지팡이

장난 솥단지

S 79

그리몰드가 12번지

불사조 기사단 본부는 런던 그리몰드가 12번지에 있다.

그리몰드가 12번지는 가장 오래된 마법사 가문 중 하나인 블랙 가문이 조상 때부터 살아온 집이다.

시리우스가 10대 시절 사용한 침실

> **"해**리는 시키는 대로 했다. 머릿속에서 그리몰드가 12번지를 떠올리자 11번지와 13번지 사이에서 갑자기 낡은 문이 나타나고 뒤이어 지저분한 담과 먼지가 잔뜩 낀 창문들이 순식간에 모습을 드러냈다. 마치 집 하나가 새로 솟아나 점점 부풀어 오르면서 양옆에 있는 집들을 밀어내는 것 같았다. 해리는 입을 쩍 벌리고 그 광경을 바라보았다. 11번지에서는 여전히 들릴 듯 말 듯한 음악 소리가 새어 나오고 있었다. 그 집에 있는 머글들은 아무것도 느끼지 못한 것이 틀림없었다. **"**

시리우스는 열여섯 살 때 가출했지만, 블랙 가문의 마지막 후손으로서 이 집을 물려받았다.

해리와 론의 침실에는 피니어스 나이젤러스 블랙의 초상화가 자리하고 있다.

고귀하고 가장 오래된 블랙 가문의 가훈은 '언제까지나 순수하게'이다.

§ 80

11

12

그리몰드가에서 킹스크로스역까지는 걸어서 약 20분 거리다.

버로

버로는 위즐리 가족의 집이다.
오터리 세인트 캐치폴이라는
머글 마을 근처에 있다

"위즐리네 집은 낯설고 예상하지 못했던
것들로 넘쳐났다. 해리는 부엌 벽난로 선반
위의 거울을 처음 들여다봤을 때 거울이
'셔츠 집어넣어, 꼬질아!'라고 소리치는
바람에 깜짝 놀랐다. 다락에 사는 굴은
사방이 너무 조용해진다 싶을 때마다
울부짖으며 파이프를 떨어뜨렸고, 프레드와
조지의 방에서 일어나는 작은 폭발은 지극히
정상적인 일처럼 여겨졌다. 그러나 론네
집에 지내면서 해리가 가장 특이하다고
생각한 건 말하는 거울이나 철커덕거리는
소리를 내는 굴이 아니라, 모두가 해리를
좋아하는 것 같다는 사실이었다.**"**

"해리는 활짝 미소 지으며 말했다.
'내가 가 본 집 중에서 최고야.'
론의 귀가 빨갛게 물들었다.**"**

버로는 해리가 세상에서
두 번째로 좋아하는 건물이다.

주방

"론이 저기에 있었다…. 그 누구보다도
맛있는 음식을 만드는 위즐리 부인도….**"**

버로

다락방에 사는 굴

론의 방

프레드와 조지의 방

위즐리 가족의 시계

위즐리 가족은 숲으로 둘러싸인
집 근처 들판을 소유하고 있다.
그곳에서 그 지역 머글들의 눈에
띄지 않고 퀴디치를 할 수 있다.

위즐리네 차고는 위즐리 씨가
그동안 모아 둔
머글 장비를 사용해 차를 손보는
작업장이기도 하다.

정원에서 주기적으로
땅요정을 없애야 한다.

마법사 마을 호그스미드는 영국을 통틀어 머글이 한 명도 없는 유일한 마을이다.

천 년쯤 전, 호그와트 마법학교 설립과 거의 같은 시기에 우드크로프트의 헹기스트가 이 마을을 만들었다.

1612년에 고블린 반란 본부로 쓰였다.

3학년 이상인 호그와트 학생들은 정해진 주말에 호그스미드 마을을 방문할 수 있다. 다만 부모님이나 보호자의 서명이 들어간 방문 허가서가 있어야 한다.

호그스미드 마을

허니듀크스 과자 가게

종코의 장난감 가게

"**호**그스미드는 꼭 크리스마스카드에 그려진 풍경 같았다. 짚으로 지붕을 이은 작은 집들과 가게들은 온통 파삭파삭한 눈으로 한 겹씩 덮여 있었다. 문에는 호랑가시나무 화환들이 걸려 있고, 나무에는 마법에 걸린 촛불들이 매달려 있었다. "

호그스미드 마을에는 영국에서 유령이 제일 많이 나오는 흉가로 알려진 악쓰는 오두막이 있다.

도둑 지도에는 후려치는 버드나무에서 악쓰는 오두막으로, 외눈 마녀 조각상에서 허니듀크스 지하실로 연결되는 비밀 통로가 표시돼 있다.

호그스미드역은 마을에서 약간 떨어진 곳에 위치해 있다.

호그스미드로 이어지는 7개의 통로에 관해서는 118페이지를 보세요 ➡➡

글래드래그스 마법사 의류 전문점

런던 ~ 파리 ~ 호그스미드

“**세** 사람은 도비에게 줄 선물을 사러 글래드래그스 마법사 의류 전문점에 들어가 화려한 양말이란 양말은 모두 고르면서 즐거운 시간을 보냈다. 그중에는 반짝이는 금색 은색 별들이 그려진 양말도 있고, 발 냄새가 심하면 비명을 질러 대는 양말도 있었다.”

호그스 헤드

“‘**우**리는 교칙을 어기는 게 아니야. 특별히 플리트윅 교수님한테 학생들이 호그스 헤드에 들어가도 되는지 여쭤봤는데 된다고 하셨어. 개인 컵을 가져가라고 강력하게 권하시긴 했지만.’”

헤르미온느 그레인저

우체국

“**부**엉이며 올빼미 들이 자리에 앉아 그들을 내려다보면서 작은 소리로 부엉부엉 울고 있었다. 커다란 회색 부엉이에서부터 너무 작아 해리의 손바닥에 앉을 수도 있을 법한 작디작은 (‘지역 내 배달 전용’) 소쩍새까지 적어도 300마리는 되었다!”

통신 수단에 관한 자세한 내용은 42페이지를 보세요

부엉이에 관한 자세한 내용은 44페이지를 보세요

푸디풋 부인의 찻집

스크리븐샤프트의 깃펜 가게

더비시 앤 뱅스
마법 도구

S 85

허니듀크스 과자 가게

특수 효과 과자들

드루블의 엄청 잘 붙어지는 풍선껌

치실 박하사탕

후추 도깨비

얼음 쥐

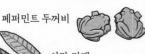

페퍼민트 두꺼비

설탕 깃펜

폭발하는 봉봉 사탕

스리 브룸스틱스

종코의 장난감 가게

“**종**코의 장난감 가게를 나섰을 때는 들어갈 때보다 지갑이 상당히 가벼워졌지만 주머니는 똥폭탄과 딸꾹질 사탕, 개구리 알 비누와 코를 깨무는 찻잔으로 불룩했다.”

악쓰는 오두막

“‘**호**그와트 유령들도 여기에는 오길 꺼려 해.’ 론이 울타리에 기대 오두막을 올려다보면서 말했다. ‘목이 달랑달랑한 닉한테 물어봤는데… 여기에 아주 거친 무리가 산다고 들었대. 아무도 못 들어가. 프레드랑 조지는 분명 들어가려 했겠지만 출입구가 다 막혀 있어서….’”

마법 과자에 관한 자세한 내용은 53페이지를 보세요

9와 4분의 3번 승강장

학년 초, 호그와트 마법학교로 가려는 학생들은
유명한 호그와트 급행열차에 탑승해야 한다.
이 열차는 9월 1일 11시 정각에 킹스크로스역
9와 4분의 3번 승강장에서 출발한다.

9번 승강장과 10번 승강장을
나누는 단단한 벽으로 곧장 걸어가
통과하면 9와 4분의 3번
승강장이 나온다.

머글의 이목을
끌지 않고 해내야 하는 게
어려운 점이다.

★★킹스크로스역★★
호그와트
급행열차

◎ 달 I 월6 ◎

9¾번 승강장

"진홍색 증기기관차가 사람들로 가득 찬
승강장에서 대기하고 있었다. 머리 위에 걸린 표지판에는
'호그와트 급행열차, 11시'라고 적혀 있었다.
해리는 뒤를 돌아보았다. 벽이 있던 곳에 연철로 만든
아치가 보였고, 거기에 '9와 4분의 3번 승강장'이라고
적혀 있었다. 해낸 것이다. **"**

호그와트 급행열차가 정확히 어디서 왔는지는
알려져 있지 않다. 다만 167개의 망각 마법과 영국 최대 규모의
은폐 마법을 부렸던 기록이 마법 정부에 남아 있다.
범죄나 다름없는 이 일이 자행된 다음 날 아침,
진홍색 증기기관차가 나타나자 호그스미드 마을 주민들은
깜짝 놀랐다. 크루의 머글 철도 직원들은 뭔가 중요한 걸
놓친 것 같은 찝찝한 기분을 느껴야 했다.

호그와트 급행열차에서는 1시에 간식 수레가
열차 통로를 지나간다. 수레에는 버티 보트의
모든 맛이 나는 강낭콩 젤리, 드루블의 엄청 잘
불어지는 풍선껌, 개구리 초콜릿, 호박 패스티,
솥단지 케이크, 감초 지팡이 등이 담겨 있다.

"**창**밖으로 빠르게 지나가는 시골 풍경이
점점 더 거칠어졌다. 깨끗한 들판은 사라지고
이제는 숲과 굽이굽이 흐르는 강,
어두운 초록색 언덕만 보였다."

반장들은 전용 객실에 따로 타고 있다가 한 번씩
열차 복도를 순찰한다.

기차가 호그스미드역에 도착하기 전에 학생들은
학교 로브로 갈아입어야 한다.

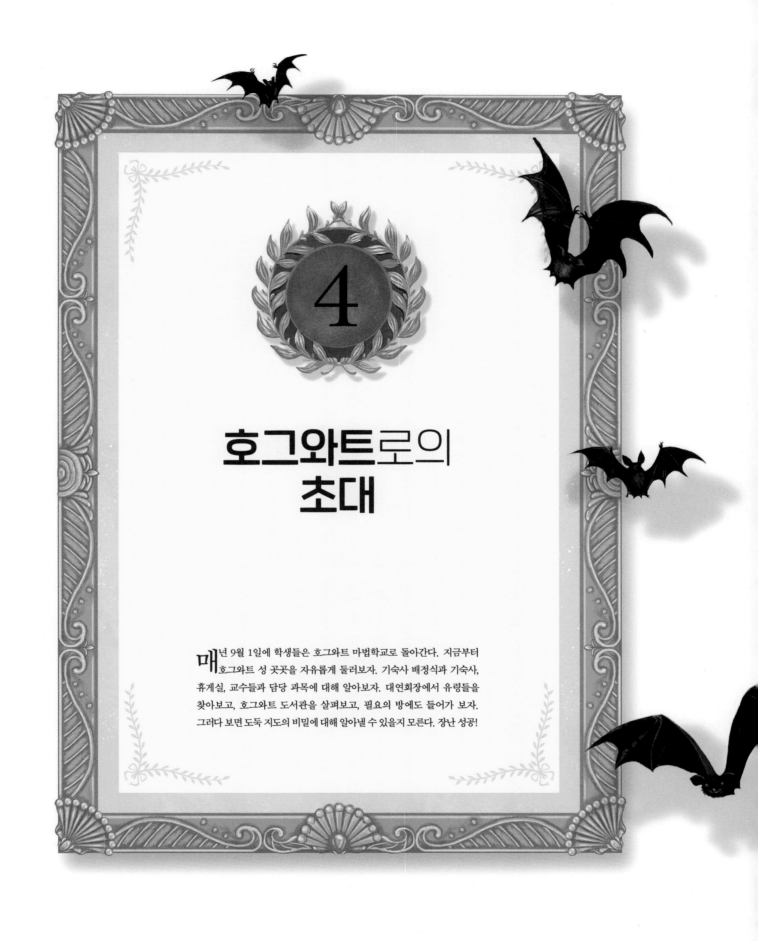

4

호그와트로의
초대

매년 9월 1일에 학생들은 호그와트 마법학교로 돌아간다. 지금부터 호그와트 성 곳곳을 자유롭게 둘러보자. 기숙사 배정식과 기숙사, 휴게실, 교수들과 담당 과목에 대해 알아보자. 대연회장에서 유령들을 찾아보고, 호그와트 도서관을 살펴보고, 필요의 방에도 들어가 보자. 그러다 보면 도둑 지도의 비밀에 대해 알아낼 수 있을지 모른다. 장난 성공!

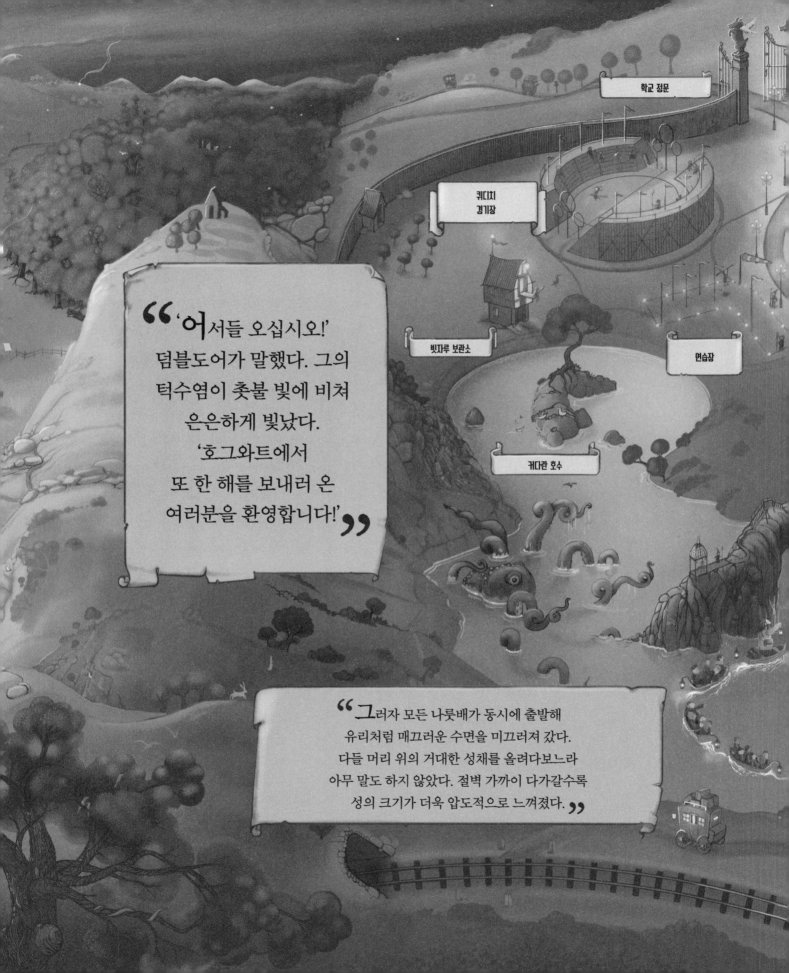

학교 정문

퀴디치
경기장

빗자루 보관소

연습장

커다란 호수

'**어**서들 오십시오!'
덤블도어가 말했다. 그의
턱수염이 촛불 빛에 비쳐
은은하게 빛났다.
'호그와트에서
또 한 해를 보내러 온
여러분을 환영합니다!'

그러자 모든 나룻배가 동시에 출발해
유리처럼 매끄러운 수면을 미끄러져 갔다.
다들 머리 위의 거대한 성채를 올려다보느라
아무 말도 하지 않았다. 절벽 가까이 다가갈수록
성의 크기가 더욱 압도적으로 느껴졌다.

호그스미드

막쓰는 오두막

나이트 버스를 타고

빗자루를 타고

불사조 푹스와 함께

호그와트

마법학교에

온 걸

환영

합니다

포트키로

마룻의

덤스트랭 배를 타고

나룻배를 타고 호수를 건너서

하늘을 나는 마차를 타고

하포그리프 벅빅을 타고

날아다니는 자동차를 타고

플루 네트워크를 통해

영국의 유명한

마법학교로

오가는

여러

방법들

세스트럴을 타고

사라지는 캐비닛을 지나서

호그와트 마차를 타고

디딤돌 통해

호그와트 급행열차를 타고

금지된 숲

"좁은 오솔길이 갑자기 탁 트이더니
커다란 검은 호수가 나왔다. 맞은편 높은 산꼭대기에는
크고 작은 탑이 수없이 딸린 어마어마한 성이
별이 총총 뜬 밤하늘을 배경으로 창문들을
반짝거리고 있었다. **"**

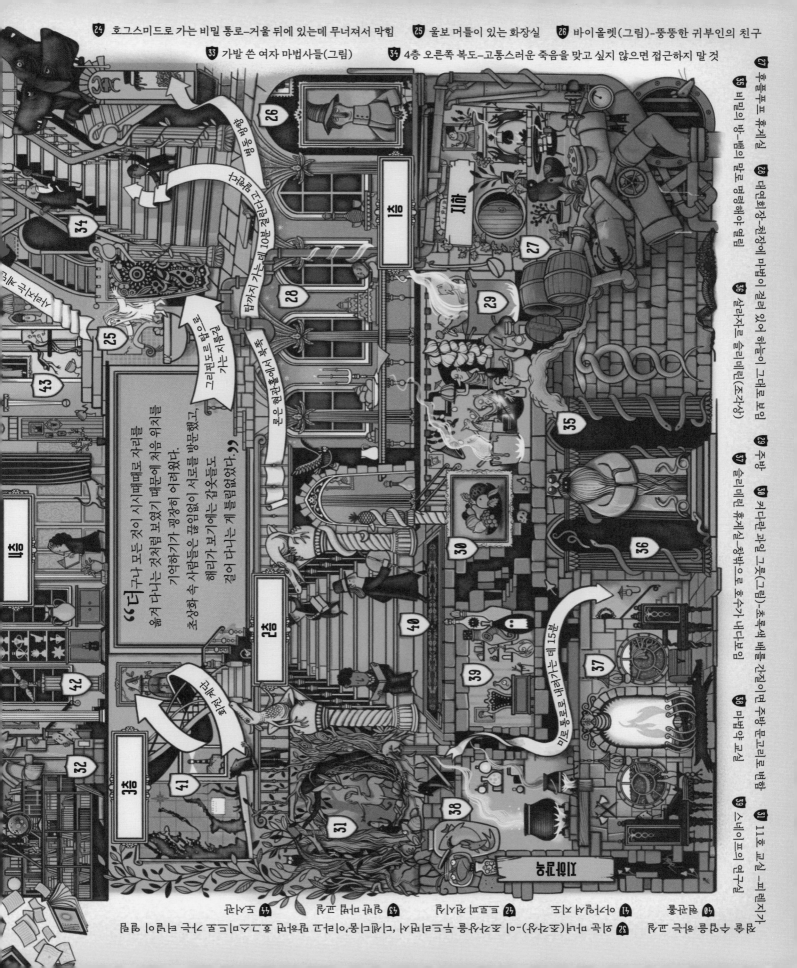

24 호그스미드로 가는 비밀 통로–거울 뒤에 있는데 무너져서 막힘   25 울보 머틀이 있는 화장실   26 바이올렛(그림)–뚱뚱한 귀부인의 친구

33 가발 쓴 여자 마법사들(그림)   34 4층 오른쪽 복도–고통스러운 죽음을 맞고 싶지 않으면 접근하지 말 것

27 훌훌푸로 휴게실   28 대연회장–천장에 마법이 걸려 있어 하늘이 그대로 보임   29 주방   30 커다란 과일 그릇(그림)–초록색 배를 건드리면 주방 문고리로 변함   31 11층 교실 –피렌체가

35 비밀의 방–뱀의 말로 명령해야 열림   36 슬리데린(조각상)   37 슬리데린 휴게실–정북쪽으로 호수가 내다보임   38 마법약 교실   39 스네이프의 연구실

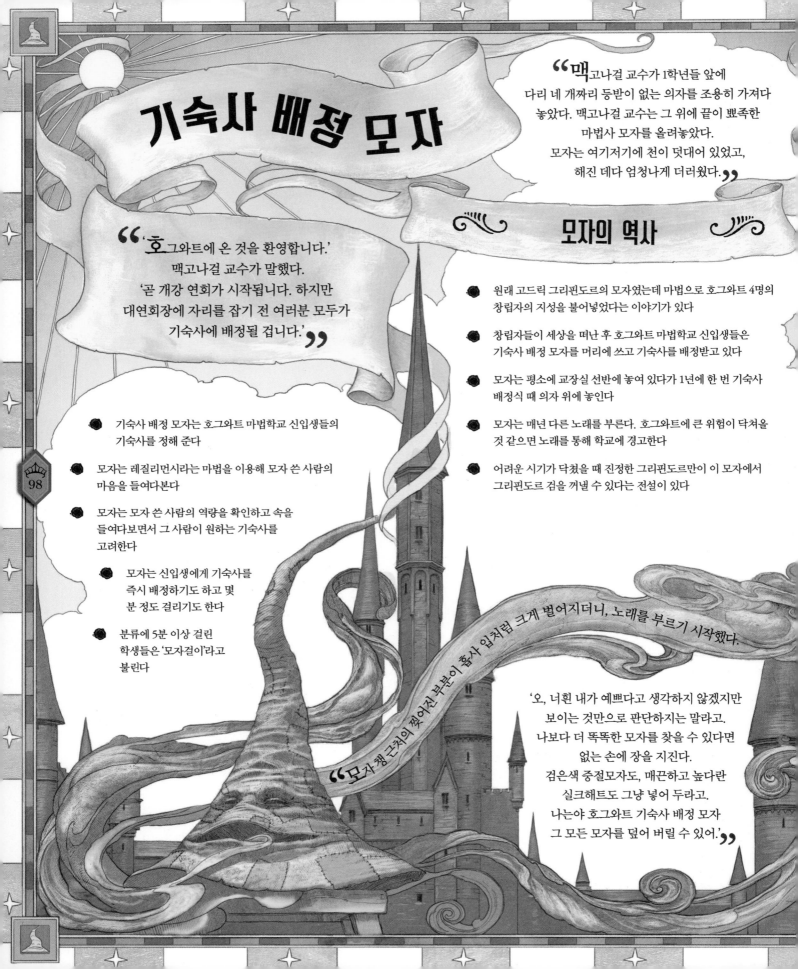

기숙사 배정 모자

> **맥**고나걸 교수가 1학년들 앞에
> 다리 네 개짜리 등받이 없는 의자를 조용히 가져다
> 놓았다. 맥고나걸 교수는 그 위에 끝이 뾰족한
> 마법사 모자를 올려놓았다.
> 모자는 여기저기에 천이 덧대어 있었고,
> 해진 데다 엄청나게 더러웠다. 〞

> 〝'**호**그와트에 온 것을 환영합니다.'
> 맥고나걸 교수가 말했다.
> '곧 개강 연회가 시작됩니다. 하지만
> 대연회장에 자리를 잡기 전 여러분 모두가
> 기숙사에 배정될 겁니다.' 〞

모자의 역사

- 원래 고드릭 그리핀도르의 모자였는데 마법으로 호그와트 4명의 창립자의 지성을 불어넣었다는 이야기가 있다

- 창립자들이 세상을 떠난 후 호그와트 마법학교 신입생들은 기숙사 배정 모자를 머리에 쓰고 기숙사를 배정받고 있다

- 모자는 평소에 교장실 선반에 놓여 있다가 1년에 한 번 기숙사 배정식 때 의자 위에 놓인다

- 모자는 매년 다른 노래를 부른다. 호그와트에 큰 위험이 닥쳐올 것 같으면 노래를 통해 학교에 경고한다

- 어려운 시기가 닥쳤을 때 진정한 그리핀도르만이 이 모자에서 그리핀도르 검을 꺼낼 수 있다는 전설이 있다

98

- 기숙사 배정 모자는 호그와트 마법학교 신입생들의 기숙사를 정해 준다

- 모자는 레질리먼시라는 마법을 이용해 모자 쓴 사람의 마음을 들여다본다

- 모자는 모자 쓴 사람의 역량을 확인하고 속을 들여다보면서 그 사람이 원하는 기숙사를 고려한다

- 모자는 신입생에게 기숙사를 즉시 배정하기도 하고 몇 분 정도 걸리기도 한다

- 분류에 5분 이상 걸린 학생들은 '모자걸이'라고 불린다

> 〝**모**자 챙 근처의 찢어진 부분이 흡사 입처럼 크게 벌어지더니, 노래를 부르기 시작했다.

> '오, 너흰 내가 예쁘다고 생각하지 않겠지만
> 보이는 것만으로 판단하지는 말라고.
> 나보다 더 똑똑한 모자를 찾을 수 있다면
> 없는 손에 장을 지진다.
> 검은색 중절모자도, 매끈하고 높다란
> 실크해트도 그냥 넣어 두라고.
> 나는야 호그와트 기숙사 배정 모자
> 그 모든 모자를 덮어 버릴 수 있어.' 〞

" '천 년도 더 전에
내가 새로 만들어졌을 때
네 명의 유명한 마법사가 살았다네.
그들의 이름은 지금까지도 잘 알려져 있지.
거친 황야의 용감한 그리핀도르,
좁은 골짜기의 아름다운 래번클로,
넓은 계곡의 다정한 후플푸프,
늪의 약삭빠른 슬리데린.
그들은 하나의 소망, 희망, 꿈을 나눴다네.
어린 마법사들을 가르치려는
대담한 계획을 함께 품었지.
그렇게 호그와트 마법학교가 시작됐다네.
네 명의 창립자들은 각각
자신만의 기숙사를 세웠어.
저마다 가르칠 학생에게서
서로 다른 덕목을 귀하게 여겼으니까.
그리핀도르는 누구보다도
용감한 학생들을 더 높이 평가했고
래번클로에게는 영리한 자들이
언제나 우선이었지.
후플푸프는 성실한 노력가들에게
가장 먼저 입학할 자격을 주었고
힘에 굶주린 슬리데린은
야망이 큰 자들을 사랑했다네.
살아 있는 동안 그들은
여럿 가운데서 가장 좋아하는 이들을 분류했어.
하지만 그들이 죽어 사라진 지금
어떻게 사람들을 골라낼 수 있을까?
그리핀도르가 그 방법을 찾아냈다네.
그가 머리에 쓰고 있던 나를 휙 벗자
창립자들이 내게 조금씩 지혜를 넣어 주었지.
내가 대신 선택할 수 있도록!
이제 나를 귀까지 푹 눌러 써 보렴.
나는 한 번도 틀린 적이 없다네.
내가 너희 마음속을 들여다보고
너희가 어디에 속하는지 말해 줄게!' "

99

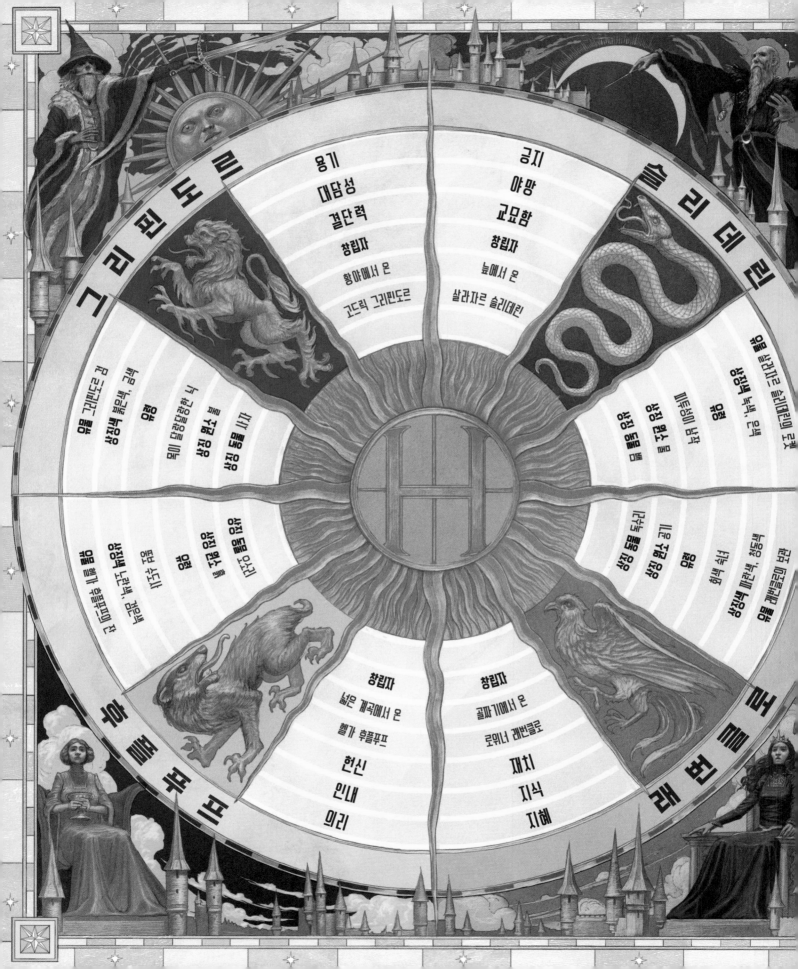

라벤더 브라운
셰이머스 피니건
헤르미온느 그레인저
네빌 롱보텀
파르바티 파틸
해리 포터
딘 토머스
로널드 위즐리

밀리선트 벌스트로드
빈센트 크래브
그레고리 고일
대프니 그린그래스
드레이코 말포이
시어도어 노트
팬지 파킨슨
블레이즈 자비니

해너 애벗
수전 본즈
저스틴 핀치플레츨리
어니 맥밀런

테리 부트
맨디 브로클허스트
마이클 코너
앤서니 골드스틴
파드마 파틸
리사 터핀

해리의 기숙사 배정식

호그와트 첫 학기 시작 무렵,
해리와 친구들은 호명을 받고 차례로
기숙사 배정을 받는다.

"'기숙사 배정은 굉장히 중요한 의식입니다.
여기 있는 동안 여러분의 기숙사 친구들은 호그와트의 가족이 될 테니까요.
수업도 같은 기숙사 학생들과 함께 듣게 될 것이며, 잠도 기숙사 침실에서 자고,
자유 시간도 기숙사 휴게실에서 보내게 될 겁니다.'"
맥고나걸 교수

그리핀도르?

"'마음속 깊이 용기를 품은 자들이
사는 곳, 대담함과 용기,
기사도 정신이 단연 돋보인다네.'"

후플푸프?

"'공정하고 신의 있는 자들이 사는 곳,
인내심 있는 후플푸프 사람들은
진실하고 고생을 두려워하지 않는다네.'"

슬리데린?

"'그곳에서는 진정한 친구들을
사귀게 될 거야. 그 꾀 많은
친구들은 목적만 이룰 수 있다면
어떤 수단이든 동원할 거야.'"

래번클로?

"'현명함이 넘치는 래번클로에 갈 수도
있겠지. 그대가 영리한 사람이라면
재치와 학식이 넘치는 사람들이 있는
이곳에 어울릴 거야.'"

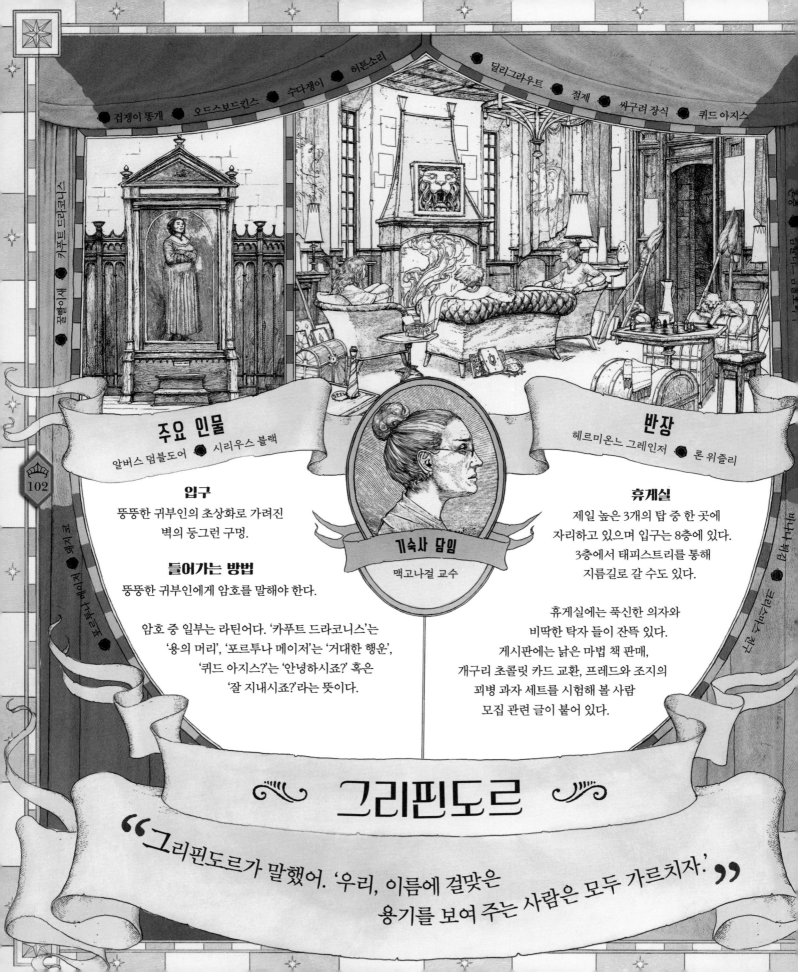

102

주요 인물

알버스 덤블도어 ◆ 시리우스 블랙

입구

뚱뚱한 귀부인의 초상화로 가려진
벽의 둥그런 구멍.

들어가는 방법

뚱뚱한 귀부인에게 암호를 말해야 한다.

암호 중 일부는 라틴어다. '카푸트 드라코니스'는
'용의 머리', '포르투나 메이저'는 '거대한 행운',
'퀴드 아지스?'는 '안녕하시죠?' 혹은
'잘 지내시죠?'라는 뜻이다.

기숙사 담임

맥고나걸 교수

반장

헤르미온느 그레인저 ◆ 론 위즐리

휴게실

제일 높은 3개의 탑 중 한 곳에
자리하고 있으며 입구는 8층에 있다.
3층에서 태피스트리를 통해
지름길로 갈 수도 있다.

휴게실에는 푹신한 의자와
비딱한 탁자 들이 잔뜩 있다.
게시판에는 낡은 마법 책 판매,
개구리 초콜릿 카드 교환, 프레드와 조지의
꾀병 과자 세트를 시험해 볼 사람
모집 관련 글이 붙어 있다.

그리핀도르

"그리핀도르가 말했어. '우리, 이름에 걸맞은
용기를 보여 주는 사람은 모두 가르치자.'"

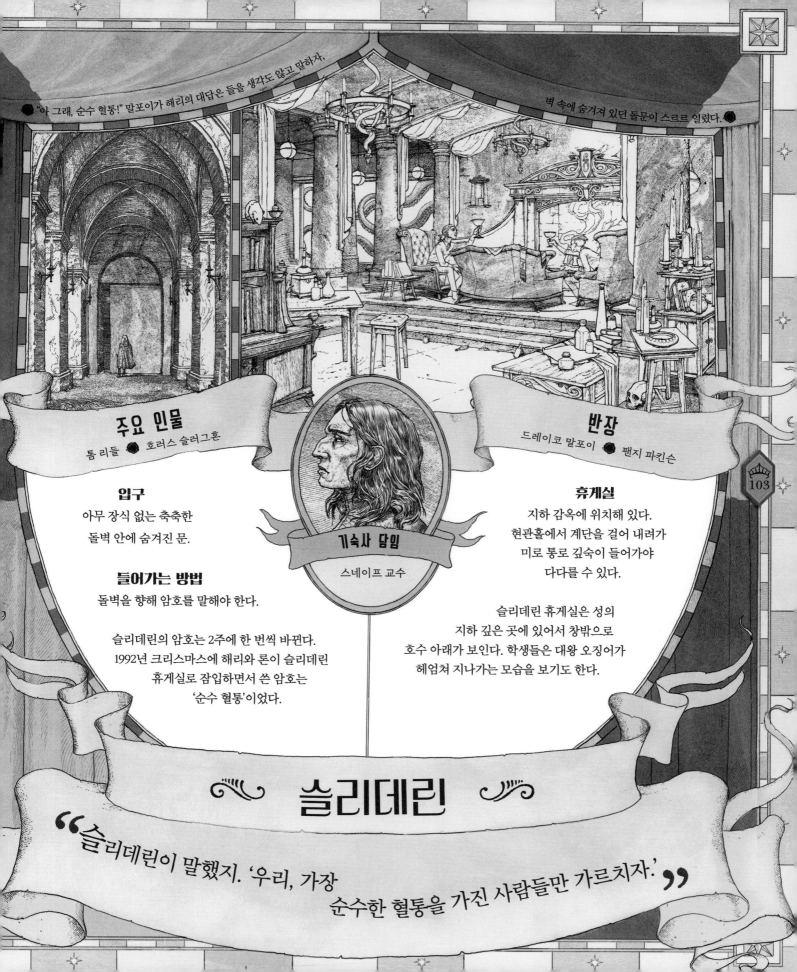

주요 인물

톰 리들 ● 호러스 슬러그혼

입구

아무 장식 없는 축축한
돌벽 안에 숨겨진 문.

들어가는 방법

돌벽을 향해 암호를 말해야 한다.

슬리데린의 암호는 2주에 한 번씩 바뀐다.
1992년 크리스마스에 해리와 론이 슬리데린
휴게실로 잠입하면서 쓴 암호는
'순수 혈통'이었다.

기숙사 담임

스네이프 교수

반장

드레이코 말포이 ● 팬지 파킨슨

103

휴게실

지하 감옥에 위치해 있다.
현관홀에서 계단을 걸어 내려가
미로 통로 깊숙이 들어가야
다다를 수 있다.

슬리데린 휴게실은 성의
지하 깊은 곳에 있어서 창밖으로
호수 아래가 보인다. 학생들은 대왕 오징어가
헤엄쳐 지나가는 모습을 보기도 한다.

슬리데린

"슬리데린이 말했지. '우리, 가장
순수한 혈통을 가진 사람들만 가르치자.'"

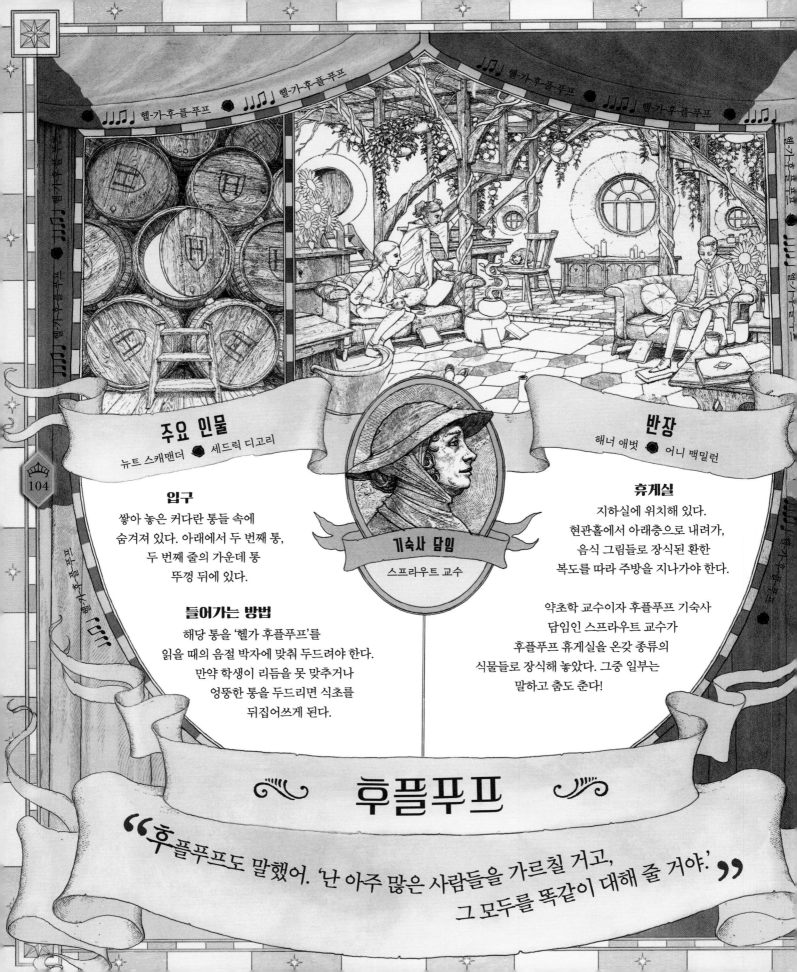

주요 인물

뉴트 스캐맨더 ● 세드릭 디고리

기숙사 담임

스프라우트 교수

반장

해너 애벗 ● 어니 맥밀런

입구

쌓아 놓은 커다란 통들 속에
숨겨져 있다. 아래에서 두 번째 통,
두 번째 줄의 가운데 통
뚜껑 뒤에 있다.

들어가는 방법

해당 통을 '헬가 후플푸프'를
읽을 때의 음절 박자에 맞춰 두드려야 한다.
만약 학생이 리듬을 못 맞추거나
엉뚱한 통을 두드리면 식초를
뒤집어쓰게 된다.

휴게실

지하실에 위치해 있다.
현관홀에서 아래층으로 내려가,
음식 그림들로 장식된 환한
복도를 따라 주방을 지나가야 한다.

약초학 교수이자 후플푸프 기숙사
담임인 스프라우트 교수가
후플푸프 휴게실을 온갖 종류의
식물들로 장식해 놓았다. 그중 일부는
말하고 춤도 춘다!

후플푸프

"후플푸프도 말했어. '난 아주 많은 사람들을 가르칠 거고,
그 모두를 똑같이 대해 줄 거야.'"

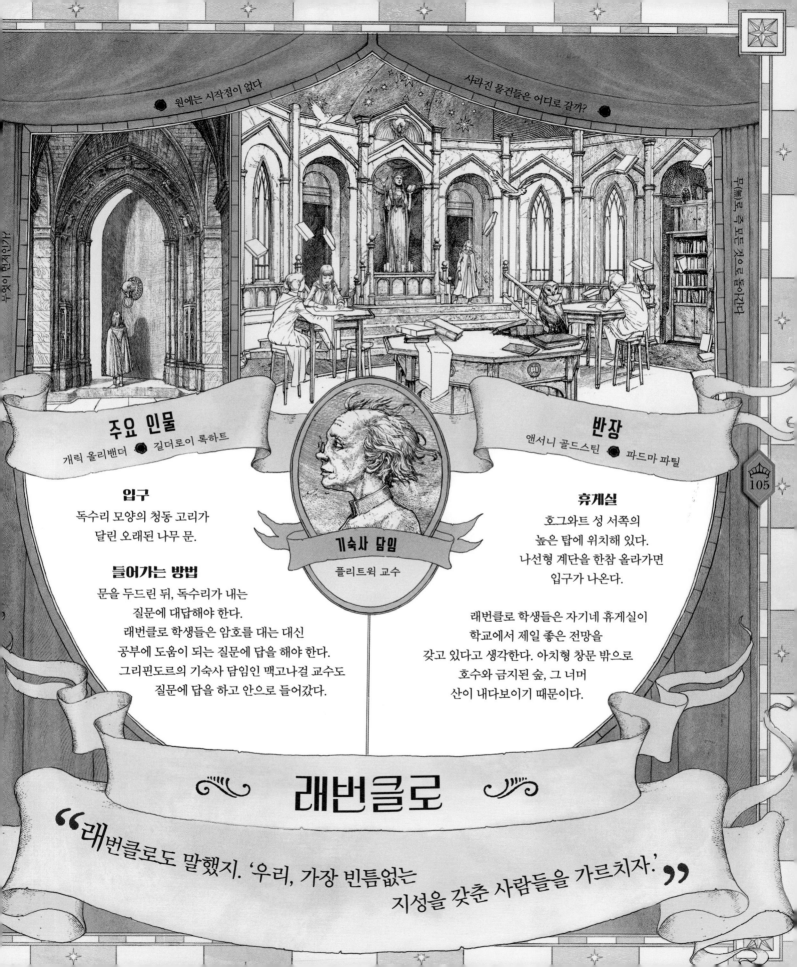

수염이 몇 cm인가?

무(無)로, 즉 모든 것으로 돌아간다

주요 인물

개릭 올리밴더 ● 길더로이 록하트

입구

독수리 모양의 청동 고리가
달린 오래된 나무 문.

들어가는 방법

문을 두드린 뒤, 독수리가 내는
질문에 대답해야 한다.
래번클로 학생들은 암호를 대는 대신
공부에 도움이 되는 질문에 답을 해야 한다.
그리핀도르의 기숙사 담임인 맥고나걸 교수도
질문에 답을 하고 안으로 들어갔다.

기숙사 담임

플리트윅 교수

반장

앤서니 골드스틴 ● 파드마 파틸

105

휴게실

호그와트 성 서쪽의
높은 탑에 위치해 있다.
나선형 계단을 한참 올라가면
입구가 나온다.

래번클로 학생들은 자기네 휴게실이
학교에서 제일 좋은 전망을
갖고 있다고 생각한다. 아치형 창문 밖으로
호수와 금지된 숲, 그 너머
산이 내다보이기 때문이다.

래번클로

"래번클로도 말했지. '우리, 가장 빈틈없는
지성을 갖춘 사람들을 가르치자.'"

핼러윈 날의 호그와트 마법학교

> **"핼**러윈이 되자 해리는 사망일 파티에 가겠다고 성급하게 약속했던 것을 후회했다. 다른 학생들은 모두 즐거운 마음으로 핼러윈 연회를 고대하고 있었다. 대연회장은 천사처럼 살아 있는 박쥐들로 장식됐고, 해그리드의 어마어마하게 큰 호박들은 세 사람이 들어가 앉아도 될 만큼 커다란 등불로 조각됐으며, 덤블도어가 춤을 출 수 있게 해리드를 위해 고용했다는 춤추는 해골 공연단을 불렀다는 소문도 있었다. **"**

> **"살**아 있는 박쥐 천 마리가 벽과 천장에서 퍼드덕거렸고, 한쪽에서는 또 다른 박쥐 천 마리가 낮게 드리운 먹구름 속에서 사탕으로 날아 내려오며 호박 안에 켜진 촛불을 흔들어 놓았다. **"**

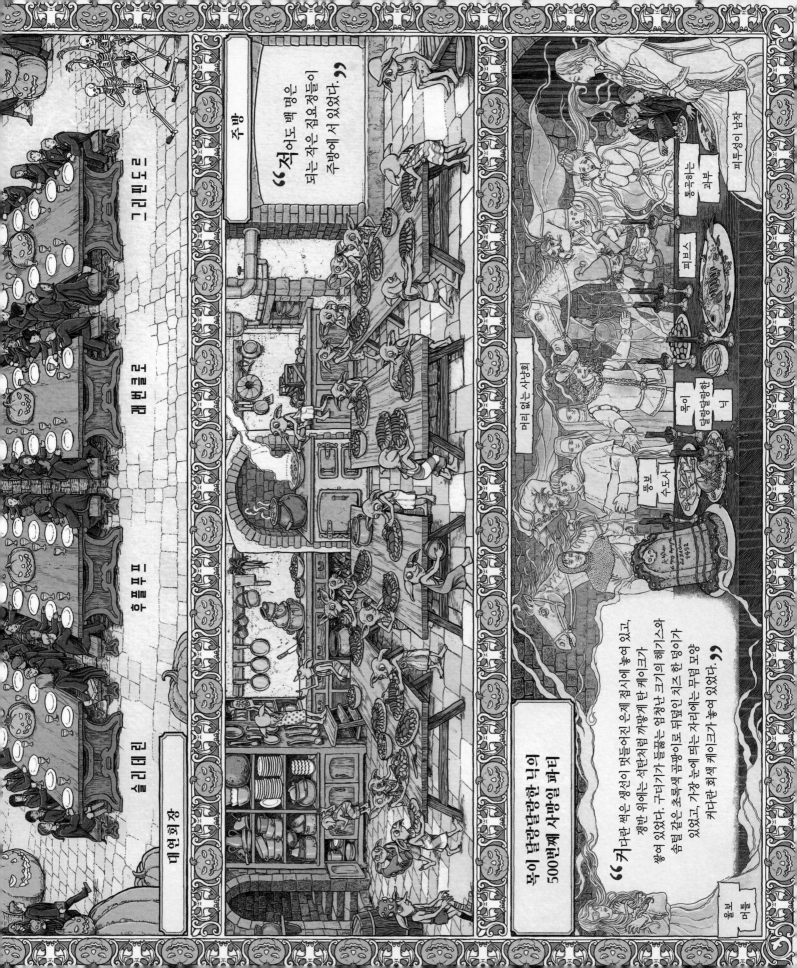

뚱보 수도사

후플푸프 기숙사에는 뚱보 수도사 유령이 있다.

명랑한 수도사였던 그는 마개마로 환자들을 절뚝 천연두를 고치려 주는 이상스러운 능력을 내보이 바람에 처형당했다.

피투성이 남작

은색 핏자국으로 뒤덮인 수척하고 말 없는 유령.

호그와트에서 피브스를 통제할 수 있는 유일한 유령이다.

생전에 저지른 죄를 뉘우치는 뜻으로
쇠사슬을 몸에 감고 다닌다.

호그와트의 유령들

『 해리는 숨을 헉 들이켰다. 주위에 있던 아이들도 그랬다. 스무 명쯤 되는 유령들이 막 뒤쪽 벽을 뚫고 쏟아져 나온 것이다. 진주처럼 하얗고 약간 투명한 그 유령들은 1학년들에게 눈길조차 주지 않고 서로 이야기를 나누며 방을 미끄러지듯 지나갔다. 말다툼을 하고 있는 것 같았다. **』**

머리 없는 사냥회는
머리가 완전히 잘린 사냥꾼들로 이루어진
유령 집단이다.

목이 달랑달랑한 닉은 그리핀도르 기숙사의 유령이다. 생전에 헨리 7세의 궁정 마법사였는데, 그리프 부인의 치아를 교정해 주려다 사고로 삐드렁니를 만든 바람에 처형당했다.

목이 달랑달랑한 닉

닉의 정식 이름은 니컬러스 드 밈시포핑턴 경이다.

『 내 목을 붙들고 있는 1센티미터의 피부와 힘줄 때문이라네, 해리! 대부분의 사람들은 그 정도면 충분히 목이 잘렸다고 생각할 테지만, 아니야. 머리가 제대로 잘린 포드모어 나리께서는 그걸로 충분치 않다는 걸세!' **』**

닉은 1492년 10월 31일에 사망했다.

사월 집행인이 도끼날 둔해 그의 목이 완전히 잘리지 않아 첫머리가 1센티미터쯤 붙은 채 잘리지 않은 채 있었다.

머리 없는 사냥회

이들은 머리 저글링이나 머리 폴로 같은 마상 경기를 즐긴다. 사냥회 회장은 패트릭 델레이니 포드모어 경이다.

Q 회색 숙녀

제일 인문적인 성향의 강한 유령은
래번클로 기숙사의 회색 숙녀다.

그녀가 돌아가길 거부하자, 그녀를 짝사랑하던 남자가 순간적으로
분노를 못 참고 그녀를 찔러 죽였다.

빈스 교수는 호그와트에서 유일한 유령 교수로,
마법이 역사를 가르친다.

A 빈스 교수

그의 수업에서 유일하게 재미있는 부분은
수업을 시작하고 마법 철판을 통해 들어온다는 것이다.

머틀 엘리자베스 워런은 사망 당시 호그와트
마법학교 학생이었다.

" ...그다음에는 뻔하지. 그 애는 마법 정부를
찾아가서, 내가 스토킹을 하지 못하게 막아 달라고
탄원서를 냈어. 그래서 나는 여기로 돌아와 지금까지
내 화장실에서 살고 있는 거야. "

다른 유령들과는 달리 피브스는 몸이
투명하지 않지만, 필요에 따라 자기
몸을 안 보이게 만들 수 있다.

" 들리는 소문에 따르면, 나이가 엄청나게
많고 주름이 쪼글쪼글한 빈스 교수는 자기가
죽었다는 사실을 알아채지 못했다고 한다.
어느 날 아침 평소처럼 잠에서 깨어나, 교무실
난로 앞 안락의자에 몸을 남겨 둔 채 수업을
하러 갔다는 것이다. 그 뒤로 그의 일상은
손톱만큼도 달라지지 않았다. "

A 울보 머틀

죽어서 유령이 된 후, 울리브 혼비라는
학생을 따라다니며 괴롭혔다.

J 폴터가이스트 피브스

1876년 관리인 랜코러스 카프는 호그와트
성에서 피브스를 없애려다가 역사상 가장
처참한 결과를 빚고 말았다. 카프는 다양한
무기를 미끼로 놓아둔 정교한 함정을
준비했다. 그런데 피브스는 함정에서 쉽게
빠져나갔을 뿐 아니라 미끼인 단검, 석궁,
나팔총, 소형 대포까지 확보하게 됐다.
피브스가 창밖으로 무기를 쏘아대며 모든
이들의 목숨을 위협하자 다들 호그와트 성
밖으로 대피해야 했다. 결국 당시 교장이
피브스에게 1층 남학생 화장실에서 일주일에
한 번씩 헤엄치기, 던지는 데 쓸 주방의 상한
빵에 대한 우선권, 파리의 마담 보나비유가
맞춤 제작한 새 모자 같은 특권을 추가로
부여하면서 사흘간의 교착 상태가 끝났다.

머틀은 호그와트 내 여학생
화장실에서 종종 발견된다. 여학생 화장실은
비밀이 숨겨진 장소이기도 하다.

피브스는 물체를 움직이게 만들 수 있다.
덕분에 그는 공중에 둥둥 떠다니면서
이곳저곳을 망가뜨리고 말썽을 일으킨다.

폴터가이스트는 자기 몸을 눈에 보이지 않게 쉽게 만들 수 있고, 문을 쾅 닫을 수 있으며, 가끔 가벼운 소란을 일으키기도 한다.

덤블도어의 교장실

그 고 아름다운 듣는 그 방은 작고 기묘한 소리로 가득 차 있었다. 가이한 모양의 은제 기구 여러 개가 가느다란 다리가 달린 탁자 위에서 빙빙 돌면서 이따금씩 작은 연기 뭉치를 뿜어내기도 했다.

"폭스는 불사조란다, 해리. 불사조들은 죽을 때가 되면 불에 확 타올랐다가 잿더미 속에서 다시 태어나지. 한번 지켜보거라…"
— 덤블도어 교수

불사조의 수명 주기

토피 에클레어

산성 사탕

피징 위즈비

버티 보트 모든 맛

레몬 셔벗

"해리와 맥고나걸 교수가 계단에 발을 올리자 뒤에서 벽이 턱 닫히는 소리가 들렸다. 그들은 빙빙 돌며 높이높이 올라갔다. 그리고 마침내 약간 현기증을 느낄 때쯤, 해리는 앞에서 그리폰 모양의 녹쇠 고리가 달린 오크나무 문이 휘황하게 빛나는 것을 보았다. 해리는 맥고나걸 교수가 그걸 어디로 데려왔는지 깨달았다. 여기는 덤블도어의 거처가 틀림없었다."

"가고일이 갑자기 살아 움직이는가 싶더니 뒤죽의 벽이 둘로 갈라지지 않으로 폴짝 뛰어 비켜선 것이다. … 벽 뒤에는 에스컬레이터처럼 부드럽게 위로 움직이는 나선형 계단이 있었다."

알버스 덤블도어

관련 초상화는 42페이지에 있어요

가을 학기

9월 1일 호그와트 마법학교의 학년이 시작된다. 이날 오전 11시에 킹스크로스 역에서 호그와트 급행열차가 출발한다. 학교에 도착한 학생들은 개강 연회와 기숙사 배정식에 참석한다

기숙사별 퀴디치 팀 선발

3학년 이상의 학생들은 부모님이나 보호자의 허락을 받아 주말에 호그스미드 마을을 방문할 수 있다

10월 31일 핼러윈 연회

퀴디치 시즌 시작

교수님들과 반장들이 크리스마스 장식을 감독한다

크리스마스 2주 전
맥고나걸 교수는 크리스마스 연휴 동안 학교에 남아 있을 학생들의 명단을 작성한다

크리스마스 연휴

> **연**회장은 가히 장관이었다. 호랑가시나무와 겨우살이로 엮은 장식용 줄이 벽마다 가득 걸려 있고, 열두 그루나 되는 높다란 크리스마스 트리가 연회장 안에 빙 둘러 서 있었다. 그중 몇 그루에는 아주 작은 고드름이 여러 개 달려 반짝거렸고, 또 몇 그루는 수백 개의 촛불로 빛나고 있었다.

학년

교가

> **'다**들 노랫가락은 마음에 드는 것으로 고르세요.' 덤블도어가 말했다. '자 그럼, 시작!' 그러자 학생들은 우렁차게 노래를 불렀다.

> **'호**그와트, 호그와트, 호기 워티 호그와트여, 우리를 가르쳐 다오. 나이 들고 머리가 벗겨졌건 무릎이 까진 어린애건 우리 모두 머릿속에 여러 가지 재미있는 것들을 채워 넣을 수 있으니, 지금 우리의 머릿속은 텅 빈 공기로만 죽은 파리와 솜털로만 가득 차 있으니, 우리에게 알 가치가 있는 것들을 가르쳐 다오. 우리가 잊어버린 것들을 돌려다오. 그대가 최선을 다하면 나머지는 우리가 하리라. 머리가 썩어 없어질 때까지 열심히 배우리라.'

봄
학기

3학년 이상의 학생들은 부모님이나 보호자의 서명이 들어간 방문 허가서가 있으면 계속 호그스미드 마을을 방문할 수 있다

2월 14일 밸런타인데이

"**나**의 사랑스러운 공식 큐피드들입니다! 록하트가 환하게 미소 지었다. '이들이 오늘 학교를 돌아다니면서 여러분에게 밸런타인 메시지를 전할 거예요! 재미있는 일은 여기서 끝이 아닙니다! 동료 교수님들께서도 이 행사의 취지에 동참하고 싶어 하실 거라고 확신합니다! 스네이프 교수님께 사랑의 마법약을 휘리릭 만드는 법을 보여 달라고 하면 어떨까요? 플리트윅 교수님은 내가 여태껏 만난 어떤 마법사보다도 황홀경 마법을 잘 알고 계신답니다. 음흉한 늑대 같으니라고!'**"**

17세 이상 학생들을 위한 순간이동 수업

부활절 연휴
2학년 학생들은 3학년 때 어떤 과목 수업을 들을지 선택한다. 5학년 학생들은 N.E.W.T. (고약하게 힘든 마법사 시험) 과목 선택에 앞서 진로 상담을 받는다

여름
학기

"**그**리핀도르와 슬리데린의 시합은 부활절 연휴가 지나고 첫 번째 토요일에 열릴 예정이었다. 슬리데린은 정확히 200점 차이로 대회 선두를 달리고 있었다. 이 말은 (우드가 팀 선수들에게 계속 상기 시켰듯이) 그리핀도르가 우승컵을 타려면 그 이상의 점수 차로 시합에서 이겨야 한다는 뜻이었다.**"**

3학년 이상 학생들은 부모님이나 보호자의 허락을 받아 호그스미드 마을을 방문

퀴디치 결승전
기숙사 간 퀴디치 대회 우승컵

학년말 시험
5학년생들은 O.W.L. (보통 마법사 등급) 시험, 7학년생들은 N.E.W.T. (고약하게 힘든 마법사 시험)

종강 연회
기숙사 우승컵 수여

종강
호그와트 급행열차가 호그스미드역을 출발한다

여름 방학
(7월에 부엉이가 O.W.L.과 N.E.W.T. 시험 결과를 전달할 예정)

기숙사 우승컵

> '호그와트에 있는 동안 여러분이 거둔 승리는 여러분이 속한 기숙사의 점수가 될 테고, 어떤 식으로든 규칙을 위반하면 기숙사의 점수가 깎일 것입니다. 매년 연말에는 가장 많은 점수를 딴 기숙사가 기숙사 우승컵을 차지하게 됩니다. 대단한 영예지요. 어느 기숙사에 배정되든 여러분 모두 각자 속한 기숙사의 자랑거리가 되길 바랍니다.'

맥고나걸 교수

116

연말 연회 때 기숙사 우승컵을 수여한다. 이때 대연회장은 우승한 기숙사의 상징 색과 깃발로 장식된다.

해리가 1학년 때 기록한 기숙사 점수

점수를 받으면 모래시계 아래로 보석이 내려가고 감점이 되면 보석이 위로 올라감

가점 및 감점 ● 스네이프 ● 맥고나걸 ● 덤블도어

-1 **해리** 첫 마법약 수업 시간에 교수에게 말대꾸를 함

-1 **해리** 첫 마법약 수업 시간에 네빌의 실수 때문에 혼남

+? **헤르미온느** 바꾸기 주문들을 알고 있었음

-5 **헤르미온느** 산트롤을 찾으러 갔다고 주장함

+5 **해리** 산트롤을 처리함

헬러윈
5점: 감점
10점: 가점
평생의 우정: 획득

+5 **론** 산트롤을 처리함

-5 **해리** 도서관 책을 학교 밖으로 가지고 나감

-5 **론** 드레이코 말포이에게 모욕을 받고 반격함

그래도 그들이 호그와트에서 새끼 용을 몰래 데리고 나간 걸 아무도 알아채지 못했음

-50 **해리** 새벽 1시에 천문탑에 올라감

-50 **헤르미온느** 새벽 1시에 천문탑에 올라감

드레이코 한밤중에 돌아다님 **-20**

-50 **네빌** 붙잡힐지 모른다고 경고해 주기 위해 기숙사에서 나감

312 종강 연회 때 점수 합계 **472**

+50 **론** 호그와트에서 수년 만에 최고의 체스 경기를 펼쳤음

+50 **헤르미온느** 뜨거운 불길 앞에서 차가운 이성을 발휘함

그들은 4층 오른쪽 복도에 갔지만 그걸로 감점당하지는 않았음!

+60 **해리** 순수한 배짱과 걸출한 용기를 보여줌

+10 **네빌** 용감하게 친구들에게 맞섰음

482 그리핀도르의 최종 점수

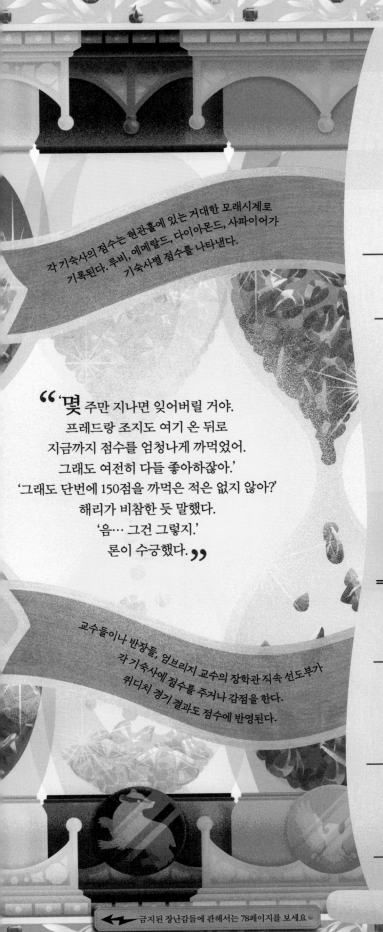

각 기숙사의 점수는 현관홀에 있는 거대한 모래시계로 기록된다. 루비, 에메랄드, 다이아몬드, 사파이어가 기숙사별 점수를 나타낸다.

> " '몇 주만 지나면 잊어버릴 거야.
> 프레드랑 조지도 여기 온 뒤로
> 지금까지 점수를 엄청나게 까먹었어.
> 그래도 여전히 다들 좋아하잖아.'
> '그래도 단번에 150점을 까먹은 적은 없지 않아?'
> 해리가 비참한 듯 말했다.
> '음… 그건 그렇지.'
> 론이 수긍했다. "

교수들이나 반장들, 엄브리지 교수의 장학관 직속 선도부가 각 기숙사에 점수를 주거나 감점을 한다. 퀴디치 경기 결과도 점수에 반영된다.

반장

☞ 반장은 학생들이 교칙을 준수하도록 이끌고*, 복도를 순찰하며, 필요에 따라 학생들을 기숙사로 데려다준다.
☞ 호그와트 급행열차에 반장 전용 객실이 있고, 샹들리에와 다이빙대가 갖춰진 특별한 반장 전용 욕실도 있다.

(몇 가지) 교칙**

학생들은 **금지된 숲**에 출입하면 안 된다

수업 사이에 복도에서 **마법**을 사용하면 안 된다

학생들은 밤중에 **성을 배회하면 안 된다**

다만 5학년 이상은 밤 9시까지 복도에 나와 있을 수 있다

1학년생은 개인 빗자루를 소지할 수 없다

3학년 미만인 학생들은 호그스미드 마을을 **방문할 수 없다**

3학년 이상만 정해진 주말에 호그스미드 마을을 방문할 수 있으며 반드시 부모님이나 보호자의 서명이 들어간 방문 허가서를 제출해야 한다

남학생은 여학생 기숙사에 출입할 수 없지만 여학생은 남학생 기숙사에 출입할 수 있다

이 고루한 규칙은 호그와트 창립자들이 만든 것이다

호그와트에서 **사랑의 묘약**은 사용이 금지되어 있다

117

해리가 1학년 때

아주 고통스러운 죽음을 맞이하고 싶지 않다면 4층 오른쪽 복도에는 접근하면 안 된다

천문탑은 **수업 시간 외**에는 출입을 금한다

도서관의 책을 **학교 밖으로 가지고 나갈 수 없다**

스네이프 교수가 해리 때문에 만들어 낸 규칙 같음

학생들은 허락 없이 **학교 밖으로 나가면 안 된다**

해리가 3학년 때 디멘터들이 호그와트를 지키고 있는 동안 적용된 규칙

위즐리 형제의 위대하고 위험한 장난감 가게에서 구입한 장난감은 학교 안에서 **전면 금지**한다

호그와트 성 안에서 사용이 금지된 물건들이 많이 있다. 사용 금지 물건 목록은 필치 씨의 사무실 안에 있고, 사무실 문에도 붙어 있다

해리가 4학년 때 목록에 적힌 물건은 비명을 지르는 요요, 송곳니 원반, 부숴부숴 부메랑을 포함한 437개였다

*프레드와 조지 위즐리는 아무리 반장의 형제라도 교칙을 따라야 한다.
**학생이 방과 후 징계를 받고 있다든가, 퀴디치 팀 최연소 팀원이 된다든가 하는 특별한 경우는 예외로 취급한다.

금지된 장난감들에 관해서는 78페이지를 보세요

도둑 지도는 수많은 지름길과 비밀 통로를 포함해 호그와트 전체를 보여 준다. 무엇보다 성인의 복도를 돌아다니는 사람들의 위치가 그 사람의 이름이 붙은 작은 점으로 표시된다.

"'옛날식 처벌을 더 이상 하지 않게 됐다는 게 참 아쉬워. 녀석들의 손목을 천장에 묶어 며칠 매달아 놓는다든지 하는 것 말이다. 나는 아직도 사무실에 사슬을 보관해 두고 필요할 경우에 대비해서 기름칠을 하지.'"
— 필치 씨

도둑 지도는 제임스 포터, 시리우스 블랙, 리머스 루핀, 피터 페티그루가 구상해서 만들었다.

무니, 웜테일, 패드풋, 프롱스가 자랑스럽게 선보이는

마법 말썽꾼들의 협조자

도둑 지도에는 학교 밖으로 나갈 수 있는 7개의 비밀 통로가 표시되어 있다. 그중 4개는 필치 씨가 알고 있고, 나머지 2개는 1개는 완전히 무너졌고, 나머지 2개는 악스는 오두막과 호그스미드 마을의 허니듀크스 지하실로 이어져 있다.

호그와트에서 멀리 떨어진 곳에서도 도둑 지도를 읽을 수 있다.

리머스 루핀

무니

호그스미드

아거스 필치

노리스 부인

호그스미드

'디셴디움'

헤리 포터

호그스미드

호그스미드

교수와 담당 과목

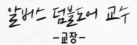

'우리의 진정한 모습을 보여 주는 건 말이다, 해리, 우리가 가진 능력이 아니라 우리가 하는 선택이란다.'

알버스 덤블도어 교수
-교장-
(1급 멀린 훈장 수훈에 빛나는 최고위 마법사 겸 최고위원장 겸 국제 마법사 연맹 마법사장)

'나는 너희에게 유리병 하나에 명성을 담아내고, 솥으로 영광을 끓이고, 심지어는 약병 마개로 죽음을 막는 방법을 알려 줄 수 있다. 너희가 평소 내가 가르쳐야 했던 멍청이들만큼 머리가 나쁘지 않다면 말이지만.'

미네르바 맥고나걸 교수
그리핀도르 기숙사 담임 교수
-변환 마법-

'그러니 내가 오늘 숙제를 면제해 주지 않아도 이해하거라. 죽을 경우에는 제출하지 않아도 된다. 약속하마.'

세베루스 스네이프 교수
슬리데린 기숙사 담임 교수
-마법약-

필리우스 플리트윅 교수
래번클로 기숙사 담임 교수
-일반 마법-

'획 휘두르고 탁 튕기는 겁니다. 기억하세요, 획 하고 탁.'

포모나 스프라우트 교수
후플푸프 기숙사 담임 교수
-약초학-

'거기 있는 독손가락을 조심하도록, 이빨이 나고 있으니까.'

시빌 트릴로니 교수
-점술-

'모든 걸 알고 있다는 것을 과시해서는 안 되는 법이랍니다.'

롤란다 후치 선생
-퀴디치-

커스버트 빈스 교수
-마법의 역사-

루비우스 해그리드 교수
-마법 생명체 돌보기-

'바보 같은 소리. 난 너희에게 위험한 건 아무것도 주지 않을 거야!'

퀴리누스 퀴럴 교수
-어둠의 마법 방어법-

유령 교수

호러스 슬러그혼 교수
-마법약-

윌키 트와이크로스 강사
-순간이동 지도 강사-
(마법 정부 소속)

퍼렌지 교수
-점술-

윌헬미나
그러블리플랭크 교수
-대리 교수-

배스세타 배블링 교수
-고대 룬문자-

오로라 시니스트라 교수
-천문학-

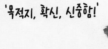

'목적지, 확신, 신중함!'

채러티 버비지
교수
-~~머글학~~-

알렉토 캐로 교수
-머글학-

셉티마 벡터 교수
-숫자점-

'몰라,
알 게 뭐야?
집어치워!'

아미쿠스 캐로
교수
-~~어둠의 마법 방어법~~-

바뀜

아거스 필치
-학교 건물 관리인-

노리스 부인

이르마 핀스 선생
-도서관 사서-

포피 폼프리 선생
-양호교사-

'건물 관리를 맡고 계시는 필치 씨가 위즐리 형제의
위대하고 위험한 장난감이라는 가게에서 산 장난감들은
모두 금지 품목이라는 점을 알려 달라고 부탁했습니다.'

세베루스
스네이프 교수
-~~어둠의 마법 방어법~~-

또
바뀜

다시
바뀜

'흠, 흠'

길더로이 록하트
교수
-~~어둠의 마법 방어법~~-

바뀜

리머스
루핀 교수
-~~어둠의 마법 방어법~~-

바뀜

앨러스터
'매드아이' 무디 교수
-~~어둠의 마법 방어법~~-

덜로리스
엄브리지 교수
-~~어둠의 마법 방어법~~-

지속적 경계

마법약

《스네이프 교수는 해독제 연구를 강요했다. 그가 크리스마스 전에 학생 하나를 중독시킨 뒤 각자의 해독제가 잘 듣는지 확인해 볼 수도 있다고 암시했기에 학생들은 그 말을 꽤 심각하게 받아들였다. **》**

어둠의 마법 방어법

《'숙제다. 내가 와가와가 늑대인간한테서 거둔 승리에 관해 시를 써 오도록! 가장 잘 쓴 사람한테 《마법 같은 나》 사인본을 주마!' **》**

록하트 교수

루닐 와즐립

《'대체 어떤 깃펜을 쓰고 있는 거야?' '프레드랑 조지의 맞춤법 확인 깃펜인데… 마법 효과가 다 되어 가나 봐….' '틀림없이 그런가 보네.' 헤르미온느가 론의 작문 숙제 제목을 가리키며 말했다. '더그보그'가 아니라 '디멘터'를 처치하는 방법을 쓰는 게 숙제였고, 네가 이름을 언제 '루닐 와즐립'이라고 바꿨는지도 기억 안 나니까.' **》**

호그와트 마법학교의 숙제

호그와트에서만 볼 수 있는 마법 숙제들

122

이런 주 숙제는…

- '14세기에 이루어졌던 마녀 화형은 전혀 무의미한 일이었다 -이에 관해 논하시오'

- '머글들에게 전기가 필요한 이유를 설명하시오'

- '하나의 종을 다른 종으로 바꾸고자 할 때 적합한 변환 마법 주문에 대해 사례를 들어 설명하시오'

- 월장석의 특징과 마법약 제조에서의 쓰임새에 관해 양피지 30센티미터 분량으로 쓰기

- 거인 전쟁에 관해 45센티미터 길이로 쓰기

- '재물질화의 원칙'에 관한 작문 숙제

점술

《'그렇네.' 해리가 쓰고 있던 숙제를 구긴 뒤 수다를 떨고 있는 1학년들의 머리 위로 휙 던져 난롯불에 넣으면서 말했다. '좋아… 월요일에 나는 엄청난 위험에 처할 거야. 어… 화상을 입겠지.' '그래, 틀림없이 그럴 거야.' 론이 음험하게 말했다. '월요일에는 스크루트들을 다시 보게 될 테니까. 좋아, 화요일에 나는… 음….' '아끼는 물건을 잃어버린다.' 해리가 말했다. 그는 아이디어를 얻으려고 《미래의 안개 걷어 내기》를 휙휙 넘기고 있었다. '좋은데.' 론이 받아 적으며 말했다. '왜냐하면, 음… 수성 때문에. 너는 친구라고 믿었던 사람한테 배신을 당하는 게 어때?' '좋아… 멋진데….' 해리가 감탄하며 그 내용을 휘갈겨 썼다. '그건… 금성이 12궁 가운데 열두 번째 자리에 있기 때문이고.' '그리고 수요일에는 내가 싸움에서 완패를 당할 거야.' '아아, 내가 싸우려고 했는데. 좋아, 그럼 나는 내기에서 질게.' '그래, 넌 내가 싸움에서 이긴다는 데 걸면 되겠네….' **》**

(세로 문구) 띄어쓰기, 맞춤법까지 확인했다면 하고 싶은 걸 마음대로 해도 좋아!

(세로 문구) 나중으로 미루지 마, 이 2류 인간아!

(세로 문구) 오늘 하지 않으면 나중에 네가 눈물 흘리게 될 것이다!

숙제 알림장

마법의 역사

《해리는 도서관 안쪽에서 마법의 역사 숙제 분량을 재고 있는 론을 찾았다. 빈스 교수가 '중세 유럽 마법사들의 의회'에 관한 90센티미터짜리 작문 숙제를 내줬던 것이다. **》**

결투 동아리

길더로이 록하트 교수가 만든 단기 동아리. 결투 중에 학생이 뱀을 소환하면서 끝이 남. 록하트 교수가 뱀을 3미터 위 허공으로 날려 보내자 분노한 뱀이 학생들을 공격할 뻔함.

민달팽이 클럽

호러스 슬러그혼 교수가 손수 고른 전도유망한 학생들의 모임. 예전 회원 중에 꽤 흥미로운 사람들이 있다.

일반 마법 동아리

학생들이 일반 마법을 연습하는 모임.

곱스톤 동호회

구슬치기 비슷한 마법사 게임. 점수를 잃으면 곱스톤들이 상대팀 선수의 얼굴에 고약한 냄새가 나는 액체를 뿜는다.

팀, 동아리, 사교 모임*

S.P.E.W. (집요정 복지 증진 협회)

헤르미온느가 집요정의 복지 증진을 위해 만든 협회

> "**가**입비로 2시클을 내고 배지를 사게 하는 방법을 생각했어. 그러면 그 수익금으로 전단지 캠페인 기금을 모을 수 있을 거야. 네가 회계 담당이야, 론. 네가 쓸 모금함을 위층에 마련해 놨어. 그리고 해리, 너는 서기야. 그러니까 지금 내가 말하는 걸 다 적어 두는 게 좋을 거야. 우리의 첫 회의록으로 말이지.'"

퀴디치

호그와트 기숙사마다 퀴디치 팀을 갖고 있으며, 기숙사 간 퀴디치 대회 우승컵을 차지하기 위해 학년 기간 동안 경쟁한다.

> "**'30 대 0입니다!**
> 맛이 어떠냐. 이 반칙이나 하는 더러운….'
> '조던, 공정한 중계를 못 하겠다면…!'
> '있는 그대로 말하는 거예요, 교수님!'"

1991년 그리핀도르 기숙사 퀴디치 팀

올리버 우드(주장) - 파수꾼
앤젤리나 존슨 - 추격꾼
얼리샤 스피닛 - 추격꾼
케이티 벨 - 추격꾼
프레드 위즐리 - 몰이꾼
조지 위즐리 - 몰이꾼
해리 포터 - 수색꾼

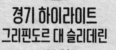

경기 하이라이트
그리핀도르 대 슬리데린
— 1991년 —

● 슬리데린 팀 주장이 그리핀도르 수색꾼을 죽일 뻔한다. 그리핀도르가 페널티 슛 기회를 얻는다

● 그리핀도르 팀 수색꾼의 빗자루에 마법이 걸린다. 아무도 보지 않는 동안 슬리데린 팀 주장이 쿼플을 붙잡아 다섯 번 점수를 올린다

● 그리핀도르 수색꾼이 입으로 스니치를 잡았다가 거의 삼킬 뻔한다

● 170대 60으로 그리핀도르가 승리한다

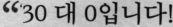

*약초학 교수인 허버트 비어리가 호그와트 학생들을 위해 '엄청난 행운의 샘'이라는 크리스마스 무언극 공연을 시도했다가 불행한 사고가 일어난 바람에 호그와트에서 무언극은 전면 금지됐다. 그때부터 크리스마스 연극 공연을 하지 않는 자랑스러운 전통이 현재까지 이어지고 있다. 그 일이 있은 후 비어리 교수는 W.A.D.A.(마법 연극예술 아카데미)에서 가르치기 위해 호그와트를 떠났다.

⟵ 퀴디치 경기 규칙에 대해서는 60페이지를 보세요

123

호그와트 도서관

"**'해리, 방금 뭔가 알아낸 것 같아! 도서관에 가야겠어!'**"

헤르미온느 그레인저

길더로이 록하트

언어, 언어학 어표

방어법 및 방어 주문

점술

스포츠

마법 역사

필요의 방

'그 방에 들어갈 수 있는 건 하고, 도비가 진지하게 말했다. 그 방에 정말로 필요할 때뿐이거든요. 그 방은 있을 때도 있고 없을 때도 있지만, 일단 나타나면 그 방을 찾는 사람이 필요로 하는 것을 항상 갖추고 있어요.'

'도비도 그 방을 써 봤어요.' 집요정이 목소리를 낮추고 죄책감 어린 표정을 지으며 말했다. '윙키가 아주 많이 취했을 때요. 도비는 윙키를 필요의 방에 숨겨 놨어요.'

도비

'어쩌면 새벽 5시 반에에만 들어갈 수 있는지도 모르죠, 아니면 반달이 떴을 때만 나타나든지요. 아니면 특별히 찾는 사람의 방광이 가득 차 있을 때만 나타나는 걸 수도 있고요.'

덤블도어 교수

'아 상당하네.' 프레드가 주위를 둘러보며 얼굴을 찌푸렸다. '필치를 피해서 여기 숨은 적이 있어. 기억나지, 조지? 하지만 그땐 그냥 빗자루 창고였는데.'

프레드와 조지 위즐리

'도비는 필치 씨가 청소 용품들이 부족하면 거기에서 여분을 찾은 것도 했다는 것도 알고 있어요.'

필치 씨

'나는… 아… 어떤… 음… 개인적인 물건을 그 방에 두려고 했단다…'

트릴로니 교수

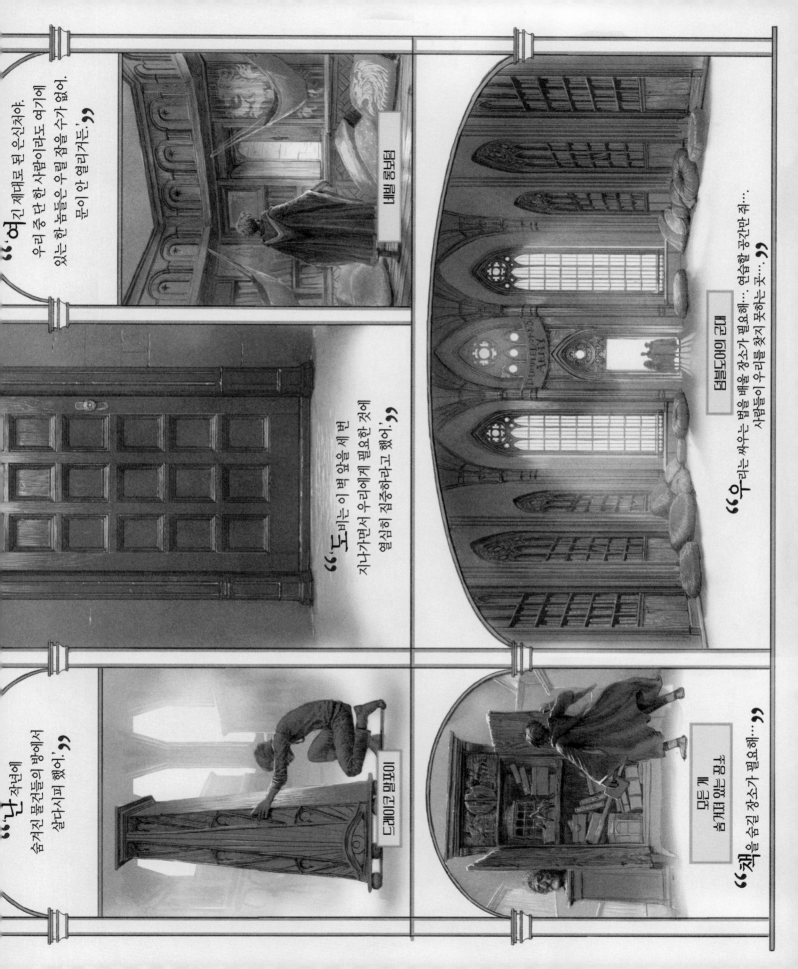

내벨룸볼룸

"'여기 제대로 된 은신처야.
우리 중 단 한 사람이라도 여기에
있는 한 놈들은 우릴 잡을 수가 없어.
문이 안 열리거든.'"

"'도대는 이 벽 앞을 세 번
지나가면서 우리에게 필요한 것에
열심히 집중하라고 했어.'"

덤블도어의 군대

"'우리는 싸우는 법을 배울 장소가 필요해…. 연습할 공간만 하….
사람들이 우리를 찾지 못하는 곳….'"

"'난 자네에
숨겨진 물건들의 방에서
살다시피 했어.'"

그레이크 말포이

**모든 게
숨겨져 있는 장소**

"'책을 숨길 장소가 필요해….'"

⚛ 1995년 9월
헤르미온느는 해리를 선생으로 삼아 어둠의 마법 방어법을 배우자고 제안한다.

⚛ 1995년 9월/10월
해리는 친구들에게 어둠의 마법 방어법을 가르치기로 동의한다.

헤르미온느는 수업 시간 외에 따로 시간을 내서 어둠의 마법 방어법을 배우고 싶어 하는 학생들을 위한 모임을 만들자고 제안한다.

엄브리지 교수가 호그와트 장학관이 된다.

엄브리지 교수의 어둠의 마법 방어법 첫 수업. 엄브리지는 볼드모트가 돌아왔다는 주장을 헛소리로 치부하면서, 학생들에게 자기 방어를 위한 실전 수업도 해 주지 않는다.

마법 정부는 덜로리스 엄브리지를 호그와트 마법학교의 어둠의 마법 방어법 교수로 임명한다.

128

⚛ 1995년 9월 2일

⚛ 1995년 8월 30일

DA 연대표

덤블도어의 군대

5학년 때 해리와 친구들은 어둠의 마법 방어법을 공부하기 위한 비밀 모임을 만들어 활동을 시작한다.

" '해리가 엄브리지의 첫 수업에서 말했던 것처럼, 저 바깥에서 우리를 기다리고 있는 것들에 대비하자는 거야. 우리가 정말로 우리 스스로를 지킬 수 있도록 하자는 거지.' "
헤르미온느 그레인저

" 엑스펠리아르무스! "

" 엑스펙토 패트로눔! "

덤블도어의 군대 회원들

해리 포터
헤르미온느 그레인저
론 위즐리
네빌 롱보텀
지니 위즐리
루나 러브굿
딘 토머스
라벤더 브라운
파르바티 파틸
파드마 파틸
초 챙
매리에타 에지콤
케이티 벨
얼리샤 스피넛
앤젤리나 존슨
콜린 크리비
데니스 크리비
어니 맥밀런
저스틴 핀치플레츨리
해너 애벗
수전 본즈
앤서니 골드스틴
마이클 코너
테리 부트
재커라이어스 스미스
프레드 위즐리
조지 위즐리
리 조던

해리 포터

헤르미온느 그레인저

론 위즐리

⚜ **1995년 10월 첫째 주말**

해리와 론, 헤르미온느는 호그스미드 마을의 호그스 헤드 바에서 그리핀도르, 후플푸프, 래번클로 기숙사 소속인 다른 25명의 학생들을 만난다.

그들은 일주일에 한 번 해리에게 어둠의 마법 방어법 수업을 받기로 하고, 모임의 비밀 유지에 동의하며 명단에 이름을 적는다.

⚜ **1995년 10월**

엄브리지 교수는 교육 법령 24조를 통과시킨다.

이름을 숨기자

다른 사람들 모르게 모임 얘기를 하기 위해, 모임 이름을 덤블도어의 군대(Dumbledore's Army)의 약자인 'DA'로 부르기로 한다.

교육 법령 24조

장학관이 허가하지 않은 조직, 학회, 팀, 모임, 동호회를 결성하였거나 그러한 모임에 소속된 것으로 밝혀진 학생은 퇴학 조치한다.

고자질쟁이는 용납 못 해

모든 회원이 양피지에 서명한다. 누구든 DA에 관해 엄브리지 교수에게 말하는 사람은 얼굴에 자주색 물집으로 '고자질쟁이'라는 글자가 만들어지게 된다.

> **"각**자 하나씩 가져. 해리가 다음번 모임 날짜를 정해서 자기 금화의 숫자들을 바꾸면, 다른 금화들도 모두 해리의 것을 따라서 숫자가 변할 거야. 내가 연쇄 변화 마법을 걸어 뒀거든.'"
>
> 헤르미온느 그레인저

비밀 메시지

모든 회원은 가짜 갈레온을 소지한다. 이 가짜 금화가 뜨끈해지면 가장자리에 적힌 숫자가 변하면서 다음 모임 날짜와 시간이 나타난다.

헤르미온느는 DA가 상대하는 죽음을 먹는 자들의 상처를 보고 이 아이디어를 얻었다. (죽음을 먹는 자들은 상처가 뜨거워지면 볼드모트 곁으로 가야 한다는 것을 알게 된다.)

완벽한 은신처

필요의 방에서 비밀 수업이 진행된다.

129

> **"뜻**은 '덤블도어의 군대(Dumbledore's Army)'로 하자. 그게 정부가 가장 두려워하는 거잖아?'"
>
> 지니 위즐리

> **"스튜페파이"**

네빌 롱보텀

> **"임페디멘타!"**

지니 위즐리

루나 러브굿

잘못 쓴 마법

> **맥**고나걸 교수가 누군가에게 소리를 지르고 있었는데, 듣자 하니 학생 하나가 옆 친구를 오소리로 만들어 버린 모양이었다. "

☞ 론은 만찬용 접시를 버섯으로 변하게 한다

☞ 해너 애벗은 자기에게 주어진 족제비를 한 무리의 플라밍고로 증식시켜 버린다

☞ 네빌은 선인장에 자기 귀를 이식한다

☞ 록하트는 해리의 팔을 치료해 주려다가 뼈가 사라지게 만든다

☞ 프레드와 조지는 불의 잔 나이 제한선을 넘으려고 노화 마법약을 썼다가 턱에 길고 하얀 수염이 자라고 만다

　☞ 4학년 초에 네빌은 솥을 6개나 녹여 버린다

퀴디치와 관련된 난장판

> **"어**… 블러저에 맞아서 죽은 사람도 있어?' 해리는 무심코 떠올린 질문처럼 들리기를 바라면서 물었다. '호그와트에서는 한 번도 없었어.' "

☞ **첫 비행 수업:** 네빌이 빗자루에서 떨어져 손목이 부러진다

☞ **1학년 경기:** 해리의 빗자루가 해리를 거의 떨어뜨릴 뻔한다

☞ **2학년 경기:** 블러저가 괴상하게 움직이며 해리를 공격한다

☞ **3학년 경기:** 디멘터들이 경기장에 침입하면서 해리가 15미터 아래 지상으로 떨어진다

☞ **5학년 연습:** 잭 슬로퍼가 자기 방망이에 맞아 기절한다

역효과 마법

> **'괜**찮아, 헤르미온느.' 해리가 다급히 달래 주었다. '우리가 병동에 데려다줄게. 폼프리 선생님은 너무 많은 걸 묻지 않으니까…'. "

☞ 론이 지팡이로 드레이코 말포이를 공격하는데, 지팡이에서 마법이 거꾸로 발사되어 론의 입에서 트림과 함께 민달팽이 몇 마리가 튀어나오게 된다

☞ 록하트는 론의 지팡이를 빼앗아 공격하려다가 자기 기억을 삭제당한다

☞ 엘로이즈 미전은 저주 마법으로 여드름을 없애려다가 자기 코를 없앤다

☞ 코맥 매클래건은 내기를 하며 독시 알을 삼켰다가 병동 신세를 진다

☞ 헤르미온느가 만들어 마신 폴리주스 마법약에 어쩌다 고양이 털이 들어간 바람에 헤르미온느는 얼굴에 털이 자라고 귀가 뾰족해진다

마법 사고들

후려치는 버드나무에게 당한 희생자들

> **"교**정을 수색하다가 굉장히 귀중한 후려치는 버드나무가 상당한 피해를 입은 것처럼 보인다는 사실을 알게 됐는데 말이지.' 스네이프가 말을 이었다. '그 나무보다 우리가 더 피해를…'. 론이 불쑥 내뱉었다. '조황!' 스네이프가 다시 쏘아붙였다. "

● 아서 위즐리의 포드 앵글리아가 이 나무에게 호되게 맞는다

● 해리와 남푸스 2000이 이 나무에 부딪혀 박살 난다

● 론을 좋아가던 해리와 헤르미온느가 가지에 엉어 맞는다

● 1998년 여름, 론은 이 나무를 움직여 못 하게 만들고 그 앞으로 지나간다

피브스가 한 제일 지독한 짓들

"피브스는 폐지가 들어 있는 쓰레기통을 학생들의 머리 위에 쏟아 버리거나 발밑에 깔린 깔개를 잡아당기고, 분필 조각을 던지고, 모습을 감춘 채 살금살금 뒤따라와 코를 꽉 잡고서는 **'네 코 가져갔다!'** 하고 소리를 지르곤 했다.**"**

피브스는….

- 학교에 도착한 학생들에게 물풍선을 던진다
- 갑옷이 덜그럭거리게 만든다
- 조각상과 꽃병을 넘어뜨린다
- 랜턴을 박살 낸다
- 잉크통으로 저글링하는 걸 좋아하지만 잘하지는 못한다
- 타오르는 횃불로도 저글링을 한다
- 칠판에 저속한 낙서를 한다
- 벽장의 열쇠 구멍에 껌을 쑤셔 넣는다
- 네빌의 머리에 지팡이들을 떨어뜨린다
- 학생들의 머리에 잉크 총알을 쏜다
- 지나가는 사람 머리에 파라셀수스 흉상을 떨어뜨리려고 한다
- 잠든 해리의 귀에 세차게 입김을 불어 댄다
- 화장실 수도꼭지를 전부 잡아 빼서 3층에 물이 넘치게 만든다
- 아침 식사 때 대연회장 한가운데에 타란툴라 거미들이 담긴 자루를 떨어뜨린다
- 지팡이와 분필을 잔뜩 넣은 양말로 엄브리지 교수를 내리치면서 성 밖으로 쫓아낸다
- 죽음을 먹는 자들에게 올가미나무 꼬투리를 떨어뜨린다
- 갑옷 안에 숨어서 직접 만든 저속한 가사로 '참 반가운 성도여'라는 노래를 부른다

"피브스가 5층 문을 꽉 닫아 놓고 자기 바지에 불을 붙이지 않으면 누구도 지나가지 못하게 하겠다는 바람에 잠깐 지체됐다.**"**

무엇을 읽으며 마법 생명체

"'아, 침이 덜렁 내려오는 일도 있지.' 헤그리드가 신이 나서 설명했다(레베딘느는 얇은 상자에 넣었던 손을 뺐다). '그것은 수컷일 거다…. 암컷들은 배에 줄처럼 검은 게 달려 있거든…. 아파 그것도 피를 빨아 먹는 것 같이.'**"**

호그와트에서 해리가 만난 것들…

- 4층 복도에 있는 머리 세 개 달린 개 '복슬이'
- 약학생 화장실의 산들
- 해그리드의 오두막에 있는 노르웨이 리지백 '노버트'
- 교실 안을 마구 날아다니는 코넬 픽시들
- 금지된 숲의 에크로맨틀라 아라고그
- 한 학기 내내 함께한 폭탄 꼬리 스크루트

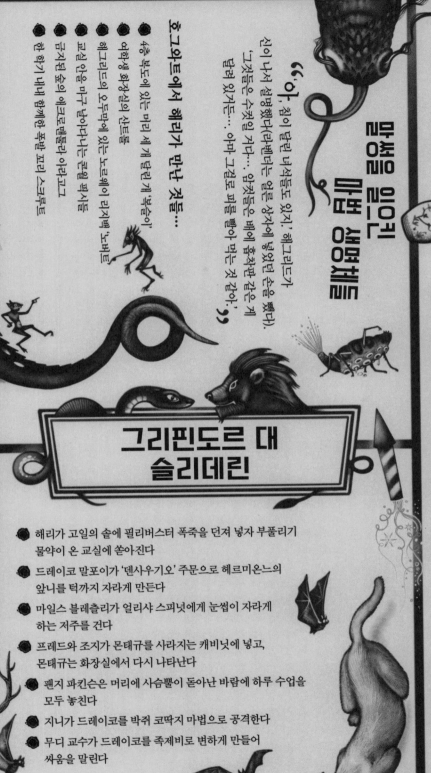

그리핀도르 대 슬리데린

- 해리가 고일의 솥에 필리버스터 폭죽을 던져 넣자 부풀리기 물약이 온 교실에 쏟아진다
- 드레이코 말포이가 '덴사우기오' 주문으로 헤르미온느의 앞니를 턱까지 자라게 만든다
- 마일스 블레츨리가 얼리샤 스피넷에게 눈썹이 자라게 하는 저주를 건다
- 프레드와 조지가 몬태규를 사라지는 캐비닛에 넣고, 몬태규는 화장실에서 다시 나타난다
- 팬지 파킨슨은 머리에 사슴뿔이 돋아난 바람에 하루 수업을 모두 놓친다
- 지니가 드레이코를 박쥐 코딱지 마법으로 공격한다
- 무디 교수가 드레이코를 족제비로 변하게 만들어 싸움을 말린다

"'방금 그 장면을 내 기억 속에 영원히 새겨 놓고 싶어서.' 론이 말했다. 그는 눈을 감은 채 행복한 표정을 짓고 있었다. '놀라운 뜀뛰기를 보여 준 흰족제비, 드레이코 말포이….'**"**

프레드와 조지가 만들어낸 마법 아수라장에 관해서는 148페이지를 보세요 ➡

5

주문과 마법,
용서받지 못하는
저주들

패트로누스 마법부터 타임 터너, 어둠의 마법, 황홀한 은빛 펜시브에
이르기까지 마법의 형태는 여러 가지가 있다. 지팡이학에 관해
공부하고, 주문을 반복 연습하고, 마법약 제조에 대해 배워 보자. 주머니에
쏙 들어가는 마법 물건들을 살펴보면서 어둠의 마법 방어법, 변환 마법,
일반 마법, 점술 실력을 기르자.

지팡이학

마법의 힘을 가지고 있어 지팡이 재료로 쓸 수 있는 나무는 흔치 않다. 보우트러클은 바로 그런 나무에 서식한다.

마호가니

뽕나무

호랑가시나무

사이프러스: 고결함, 용감한 천성

무화과나무

> " '지팡이학은 마법 중에서도 매우 복잡하고 신비로운 분야란다.' "
>
> 개릭 올리밴더

포도나무: 포도나무 지팡이의 주인은 보다 큰 목적을 추구하는 편이다

특정한 불사조 같은, 동일한 마법 생명체의 심이 들어간 지팡이 2개는 특별히 연결되어 있다. 전투에서 사용 시 서로에게 제대로 작동하지 않고 한 지팡이가 다른 지팡이를 짓누르게 되는데, 이때 패배한 지팡이는 과거에 행한 마법들을 되풀이하게 된다. 드물게 발생하는 이 현상을 '프라이오리 인칸타템'이라고 한다.

버드나무: 치유력을 가진 흔치 않은 지팡이 목재

물푸레나무

호랑가시나무: 보호하려 드는 속성이 있으며 위험하거나 영적인 탐구를 통해 주인을 선택한다

> " '어쨌든 마법사이기만 하면 거의 모든 도구를 통해 마법을 쓸 수 있단다. 하지만 마법사와 지팡이 사이에 아주 강력한 친밀감이 있을 때만 최고의 효과를 거둘 수 있지.' "
>
> 개릭 올리밴더

용의 심장 근육: 괴팍한 면이 있지만, 강력한 마법을 구사하고 빠르게 배운다.

불사조의 깃털: 무척 희귀한 재료. 가장 다양한 마법을 구사할 수 있고 주도적이다. 충성심을 얻어 내기 어렵다.

개암나무

호랑가시나무: 성격이 불같고 격정적인 주인을 불러들이지만 주인의 비밀을 지켜 준다

오크나무

전나무: 강인한 목적의식을 가진 사람을 선호한다

단풍나무

버드나무

물푸레나무

벚나무

산사나무: 내적 갈등을 겪는 주인을 찾으려는 경향이 있다

호랑나무

지팡이 소유권에는 미묘한 법칙이 적용된다. 지팡이가 마법사 주인을 선택하는데, 새로운 주인의 손에 들어갔다는 판단이 서야만 새 주인에게 충성한다.

느릅나무

주목나무: 결투와 저주에서 뛰어난 성능을 보이는 것으로 알려져 있다. 이 지팡이의 주인은 특이하고 악명이 높은 편이다

유니콘의 털: 꾸준하고 안정적인 마법을 구사하는 충직한 지팡이를 만들 수 있다. 힘은 좀 떨어지지만 어둠의 마법에 잘 물들지 않는다.

모든 지팡이는 특별하다

목재, 심, 길이, 유연성 등 재료와 성질에 따라 고유의 특징을 갖는다. 이상적인 파트너를 만나면 서로에게 배워 나간다.

지팡이 목재

지팡이 제작에 사용되는 목재는 나무의 종류에 따라 독특한 특징을 갖는다.

지팡이 심

지팡이 심에는 마법적인 힘이 깃들어 있다. 유니콘, 용, 불사조한테서 나온 재료가 최고의 심으로 여겨진다.

길이와 유연성

지팡이의 길이와 유연성은 마법사의 성격과 신체적 특성을 보완하기도 한다.

투명 망토

투명 망토는 보호색 마법이나 눈가림 마법을 걸어 만들거나, 투명 능력이 있는 마법 생명체인 데미가이즈 털로 짜서 만들 수 있다. 만드는 방법에 따라 성능의 신뢰도에 차이가 있다. 해리의 투명 망토는 아버지에게 물려받은 것이다.

> **해**리는 바닥에서 빛나는 은빛 천을 들어 올렸다. 마치 물로 짠 듯 촉감이 이상했다. '투명 망토야.' 그렇게 말하는 론의 얼굴에는 경이로운 표정이 떠올라 있었다. '확실해. 한번 걸쳐 봐.'

너희 아버지가
돌아가시기 전에
이걸 나에게 맡기셨다.
이제 너에게 돌려줄 때가
된 것 같구나. 잘 쓰거라.
메리 크리스마스.

> **해**리는 재빨리 침대에서 나와 투명 망토로 몸을 감쌌다. 다리를 내려다보니 달빛과 그림자만 보였다. 기분이 매우 이상했다. '잘 쓰거라.' 갑자기 정신이 번쩍 드는 것 같았다. 이것만 있으면 호그와트 전체가 그에게 활짝 열려 있는 것이나 다름없었다.

실용적인
주문 걸기

재능과 기술이 뛰어난 마법사는 지팡이가 없이도 마법을 쓸 수 있지만 대부분의 마법사는 지팡이를 사용한다. 집중해서 연습하면 무언 주문 마법을 사용할 수 있는데, 보통은 소리 내어 주문을 건다.

> **자**, 지금까지 연습해 온 손목의 섬세한 움직임을 잊지 말도록 해요! …그리고 마법의 주문을 제대로 외우는 것도 아주 중요해요. '프'를 '스'로 발음했다가 버팔로 밑에 깔린 마법사 바루피오를 잊지 맙시다.'
>
> 필리우스 플리트윅

빗자루의 혁신
(비행 외에 기능 추가)

방석 마법
1820년 이래로 빗자루에 편하게 착석할 수 있게 됨

호턴-케이치 제동 마법
초기 경주용 빗자루인 코밋 140의 비행을 보조함

내장형 경고 장치
트위거 90에 장착

고장 나지 않는 브레이크 마법
파이어볼트의 특징

내장형 도난 방지 버저
블루보틀에 포함

저주 방지 광택제
클린스윕 11에 발려 있음

블루보틀

온 가족을 위한 빗자루.
안전하다. 믿음직스럽다. 도난 방지 장치 내장

마법

아씨오!

"'아씨오! 아씨오! 아씨오!' 그녀가 소리를 지르자 조지의 재킷 안감과 프레드의 청바지 밑단을 비롯해 도저히 있을 법하지 않은 온갖 곳에서 토피 사탕들이 튀어나와 붕붕 날아갔다."

소환 마법은 다음과 같은
다양한 대상에 쓸 수 있다:

1톤 헛바닥 토피
깃펜
의자
오래된 곱스톤 세트
네빌의 두꺼비 트레버
룬문자 사전
도둑 지도
해리의 파이어볼트
황소개구리

버터맥주 병
O.W.L. 시험지
프레드와 조지의 클린스윕 5
해리의 지팡이
로즈메르타 씨의 빗자루 두 개
호크룩스에 관한 책들
해리의 안경

스카워 부인의
만능 마법 오물 제거제
힘들이지 말고
얼룩을 지우세요!

유용한 주문

"'어느 쪽?' 그는 마법 지팡이를 손바닥에 올려놓고 중얼거렸다. 마법 지팡이가 한 바퀴 돌더니 오른쪽에 있는 빽빽한 울타리를 가리켰다. 그곳이 북쪽이었다. 해리는 미로 중심부로 가려면 북서쪽으로 가야 한다는 사실을 알고 있었다."

자물쇠를 연다 - 알로호모라

부러진 코를 치료한다 - 에피스키

지팡이 끝에서 빛이 나오게 한다 - 루모스

드레스 로브에서 원치 않는 레이스를 자른다 - 절단 마법

박살 난 그릇을 고친다 - 레파로

물속에서 숨을 쉴 수 있게 해 준다 - 거품 머리 마법

미로에서 길을 찾게 해 준다 - 나침반 마법

딱정벌레가 유리병에서 탈출하지 못하게 해 준다 - 안 깨짐 마법

짐 가방을 계단 위로 가지고 올라가게 한다 - 로코모토르 트렁크

다리를 묶는 저주를 건다 - 로코모토르 모르티스

눈에 찍힌 발자국을 없앤다 - 지우기 마법

친구의 얼굴에서 피를 닦는다 - 테르지오

조각상과 갑옷에 생기를 불어 넣는다 - 피에르토툼 로코모토르

계단을 활송 장치처럼 편편하게 만든다 - 글리세오

작은 구슬로 장식된 핸드백을 비밀 화물칸으로 만든다
- 탐지되지 않는 확장 마법

저주와 공격 마법

악령의 저주
퍼넌큘러스 저주
다리 묶기 저주
분해 저주
전신 묶기 저주

흐느적 다리 저주
방해 마법
넘어뜨리기 마법
순간이동 방지 마법

역효과 저주
뿌리치기 마법
쏘기 마법
팽개치기 마법

박쥐 코딱지 마법
눈가림 마법
간지럼 마법
(효과 좋음)

엑스펄소: 물체를 폭발하게 만든다

덴시우기오: 이빨을 자라게 만든다

아나피오: 막힌 목구멍을 뚫어 준다

모스모드래: 하늘에 어둠의 징표를 나타나게 한다

리디큘러스: 보가트를 우스꽝스러운 모습으로 변하게 한다

엔고지오: 부풀리기 마법의 주문. 물체의 부피를 늘린다

미니미 인칸타템: 걸려 있던 마법을 해제한다

리듀시오: 부풀리기 마법의 효과를 되돌린다

모빌리코르푸스: 의식이 없는 몸을 움직이게 할 때 쓰면 유용함

레비코르푸스: 상대의 발목을 잡아 허공에 거꾸로 매단다

장난 성공: 지팡이로 양피지를 가볍게 두드리면서 이 주문을 말하면, 도둑 지도의 본모습이 사라진다

오푸그노: 물체에 마법을 걸어 상대를 공격하게 만든다

퍼넌큘러스: 종기를 자라게 한다. 흐느적 다리 저주와 함께 쓰면 재미난 부작용이 생긴다

윙가르디움 레비오사: 물체를 공중에 띄운다. '윙-가르-디움 레비-오-사'로 발음하되, '가르'를 제대로 길게 발음해야 한다

엑스펙토 패트로눔: 패트로누스 소환 마법의 주문. 응축된 긍정적인 힘 '패트로누스'를 소환한다

오르키디우스: 지팡이 끝에서 꽃 한 다발을 만들어 낸다

실렌시오: 침묵 마법의 주문

알로호모라: 자물쇠를 연다

프로테고: 방패 마법의 주문. 일시적으로 눈에 보이지 않는 벽을 만들어 내 특정한 저주를 막는다

메테올로징크스 레칸토: 최근 들어 사무실에서 비가 오고 있다면 시도해 볼 만하다

스코지파이: 청소에 유용하다

램록: 사람(혹은 폴터가이스트)이 말을 못 하게 한다

콰이어투스: 소노루스 마법을 되돌린다

임페디멘타: 방해 마법의 주문. 일시적으로 상대의 움직임을 느리게 한다

페스키픽시 페스터노미: 픽시들을 제압하는 데 써 봤자 소용없다

어펄리아토: 정체를 알 수 없는 윙윙거리는 소리로 주변 사람들의 귀를 채운다

아파레시움: 투명 잉크로 쓴 글씨를 볼 수 있게 한다

리투셈프라: 간지럼 마법의 주문

...리오: 청소할 때 사용한다

...코르푸스: 레비코르푸스를 푸는 역주문

콜로포터스: 문을 잠근다

로코모토르: 물체를 이동하게 한다

서펜소르티아: 뱀을 만들어 낸다

다양한 주문

최상의 결과를 내려면 주문을 제대로 말하면서 지팡이를 올바르게 움직여야 한다.
고급 마법은 기습 효과를 위해 무언 주문을 사용한다…

제피미오: 물체를 부패한다

독스: 눈으로부터 밝한 빛을 쏜다

콜로포터스: 붙타는 X자 표시를 그린다

레파로: 물체를 수리한다

엑스펙토 패트로눔: 무정에게 마법의 주문

오블리비아테: 상대의 기억을 지운다

콘푼도: 혼돈 마법의 주문. 대상에게 혼돈을 준다

에피스키: 상처를 낫게 한다

디핀도: 대상을 쪼개거나 가른다

디센디움: 비밀 통로를 열리게 한다

페룰라: 부러진 팔다리를 위해 부목을 만들어 낸다

프라이오르 인칸타토: 어느 지팡이가 제일 최근에 행한 마법을 드러낸다

페트리피쿠스 토탈루스: 전신 묶기 저주의 주문

스튜페파이: 기절 마법의 주문. 상대를 기절시켜 의식을 잃게 한다

레네르바테: 정신을 잃은 대상을 깨운다

아키오: 소환 마법의 주문. 물건을 날아오게 만든다

옵스쿠로: 일시적으로 상대에게 눈가리개를 씌운다

타란탈레그라: 상대방이 발놀림이 빠른 춤을 추게 만든다

섹툼셈프라: '적에게 사용.' 심한 출혈을 일으킨다

포르투스: 물체를 포트키로 만든다

릴라시오: 상대를 사슬이나 누군가의 손아귀에서 벗어나게 한다

호메눔 레벨리오: 사람의 존재를 드러낸다

나는 못된 짓을 꾸미고 있음을 엄숙히 맹세합니다:
지팡이로 양피지를 두드리면서 이 주문을 말하면 도둑지도의 숨겨진 모습이 나타난다

리덕토: 분쇄 저주의 주문. 단단한 물체를 가루로 부순다

디펜도: 대상을 하강시킨다

듀로: 물체를 단단하게 만든다

아과멘티: 지팡이 끝에서 작은 개천이 나오게 만든다

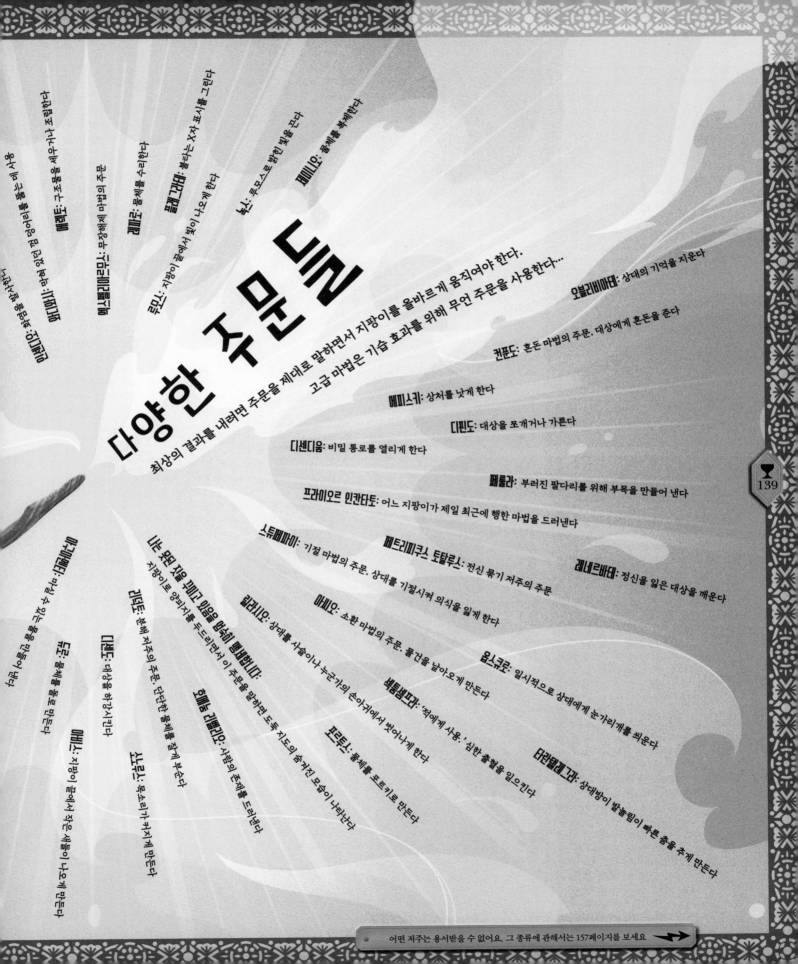

어떤 저주는 용서받을 수 없어요. 그 종류에 관해서는 157페이지를 보세요

일반 마법

"획 휘두르고 탁 튕기는 겁니다. 기억하세요, 획 하고 탁."

플리트윅 교수

공중 부양 마법
물건을 허공에 뜨게 만든다

✴ 윙가르디움 레비오사! ✴

"주문이 틀렸잖아.
···윙-가르-디움 레비-오-사야.
'가르'를 제대로,
길게 발음해야지."

헤르미온느 그레인저

이동 마법
성장 마법
격려 마법
색깔 바꾸기 마법

소환 마법
물건이 여러분에게 날아오게 만든다.
여러분이 그 물건의 위치를 알든 모르든
상관 없이 작용한다
✴ 아씨오! ✴

"해리는 책상 반대편으로 희망차게 뛰어가던
황소개구리를 마법 지팡이로 겨눴다.
'아씨오!' 그러자 개구리는 침울하게
그의 손으로 다시 붕 날아왔다."

4
학년

마법 주문에 관한 표준 교과서

미란다
고스호크

아구아멘티 마법
지팡이 끝에서 맑은 물이 나오게 한다

✴ 아구아멘티! ✴

"그는 조금 지나친 열정을 담아
마법 지팡이를 튕겼고,
그 바람에 그날 일반 마법 수업 목표대로
깨끗한 물을 퐁퐁 솟아나게 만드는 대신
호스로 뿜는 것 같은 물줄기를 쏴 버렸다.
물줄기는 천장에 부딪쳐
튕겨 나오더니 플리트윅 교수의
얼굴을 정통으로 맞혔다."

쫓아 버리기 마법
소환 마법의 반대
✴ 데풀소! ✴

"그는 마법 지팡이를 휘둘러 쿠션을 날려 보냈다.
쿠션은 공중으로 날아가 파르바티의 모자를 떨어뜨렸다."

침묵 마법
깍깍거리는 큰까마귀 같은 것이
소리를 내지 못하게 한다
✴ 실렌시오! ✴

"'마법 지팡이 휘두르는 법이 잘못됐어.'
헤르미온느가 론을 보며 나무라듯 말했다.
'흔드는 게 아니야. 날카롭게 쿡 찔러야지.'"

140

점술

"솔직히 전혀 교실처럼 보이지 않았다.
어느 집 다락방과 구식 찻집을 섞어 놓은 모습에 가까웠다.
…어둠 속에서 갑자기 어떤 목소리가 들려왔다. 부드러우면서
안개 속에서 들려오는 것 같은 목소리였다. '어서들 오너라.'
그 목소리가 말했다. '마침내 물질세계에서 너희를 만나게
되어 얼마나 기쁜지 모르겠구나.'"

손금 보기

"'불평하지 마. 손금 보기는 끝났다는
뜻이잖아.' 해리가 마주 중얼거렸다.
'그 사람이 내 손을 볼 때마다
움찔거리는 데 아주 질렸어.'"

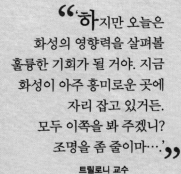

찻잎 해독

"'앉아서 차를 마시거라. 찌꺼기만 남을 때까지 마시렴.
왼손으로 세 번 휘휘 돌린 다음
잔을 받침 위에 엎어 놓거라. 마지막 한 방울까지
다 흘러나갈 때까지….'"

트릴로니 교수

행성 점술

"'하지만 오늘은
화성의 영향력을 살펴볼
훌륭한 기회가 될 거야. 지금
화성이 아주 흥미로운 곳에
자리 잡고 있거든.
모두 이쪽을 봐 주겠니?
조명을 좀 줄이마….'"

트릴로니 교수

십자가
시련과 고난

태양
크나큰 행복

도토리
뜻밖의 횡재, 예상치 못한 금전

죽음의 개
죽음

송골매
철천지 원수

곤봉
공격

해골
가는 길에 기다리는 위험

"'바닥에 누워라.' 피렌지가 담담한 목소리로
말했다. '그리고 하늘을 관찰해라.
볼 수 있는 자들의 눈에 보이는 우리 종족들의
운명이 거기에 적혀 있으니.'"

해몽

"'좋아, 네가 꿈을 꾼 날짜에
네 나이랑 꿈 주제의 글자 수를 더해야
돼…. 주제가 '빠뜨려 죽이다'일까
아니면 '스네이프'일까'"

론 위즐리

수정구슬 들여다보기

"'너희 중 누구도 처음부터 수정구의
무한한 깊이를 들여다보고 예지를
할 수 있을 거라고 기대하진 않아.
의식적인 마음과 외부의 눈을 이완하는
연습부터 시작하자꾸나.'"

트릴로니 교수

변환 마법

'맥고나걸 교수는 역시 어딘가 달랐다. 함부로 거슬러서는
안 되는 교수일 거라는 해리의 생각이 맞았다.
엄격하고 똑 부러지는 성격의 맥고나걸 교수는 학생들이
첫 수업에 들어와 자리에 앉자마자 훈계부터 했다.'

4학년

변환 마법 주문, 바꾸기 주문,
하나의 종을 다른 종으로 바꾸기

선인장 변환시키기

1학년

성냥을 바늘로 바꾸기

주의할 점: 선인장에 여러분의 귀를 이식하지
않도록 해야 한다

뿔닭을 기니피그로 바꾸기

3학년

찻주전자를 거북이로 만들기

2학년

딱정벌레를 단추로 만들기

주의할 점: 기니피그에 여전히 닭 털이
달려 있지 않게 해야 한다

주의할 점: 딱정벌레가 허둥지둥 도망치게 만들고,
실수로 그 딱정벌레를 눌러 죽이지 않아야 한다

주의할 점: 꼬리 대신 찻주전자 주둥이가 붙어
있지 않게 해야 한다. 육지 거북이 아니라
바다거북을 더 닮지 않도록 해야 한다

애니마구스

애니마구스는 자기 의지로 동물로
변신할 수 있는 마법사를 가리킨다

애니마구스가 되려면 수년이 걸린다.
성공하더라도 동물 하나로만
변신할 수 있는데, 어떤 동물로
변신할지를 선택할 수 없고
다른 동물로 바꿀 수도 없다.

각국 마법 정부에는 마법 부당 사용
관리과 소속 애니마구스 등록부가 있다.

20세기 기준으로 영국 마법 정부에
등록된 애니마구스는 7명이다.
그 외에 미등록 애니마구스들도 있다.

리타 스키터

'유리병 안에는 나뭇가지, 잎사귀 몇 개와 함께
크고 통통한 딱정벌레 한 마리가 들어 있었다.'

피터 페티그루

'페티그루는 목소리조차 찍찍대는 것 같았다.
다시 한번 그의 눈이 빠르게 문 쪽을 향했다.'

142

5학년

소멸 마법, 무생물 생성 마법

달팽이를 사라지게 하기

주의할 점: 껍데기 일부가 남아 있지 않게 해야 한다

쥐를 사라지게 하기

새끼 고양이들을 사라지게 하기

O.W.L. 시험

이구아나 사라지게 하기

> **소**멸 마법은 사라지게 만들어야 할 동물이 복잡할수록 더 어렵습니다. 달팽이는 무척추동물이라 그다지 어려운 점이 없었지만 쥐는 포유류라 훨씬 많은 문제가 생기지요.'
>
> 맥고나걸 교수

중급 변환 마법
부엉이를 오페라 안경으로 바꾸기

6학년

생성 마법, 인간을 대상으로 하는 변환 마법

지저귀는 노란 새들을 불러내기

눈썹 색깔 바꾸기

주의할 점: 양끝이 위로 올라간 콧수염을 만들지 않도록 해야 한다

143

미네르바 맥고나걸

> **여**기서 뵙네요, 맥고나걸 교수님.' 덤블도어가 고개를 돌려 얼룩 고양이에게 미소 지었지만 고양이는 사라지고 없었다. 대신 덤블도어는 꽤 엄격해 보이는 여자를 향해 미소 짓고 있었다. 그녀는 고양이의 눈 주위에 있던 무늬와 똑같은 모양의 정사각형 안경을 끼고 있었다.'

시리우스 블랙

> **거**대한 곰 같은 개가 앞으로 달려 나갔다.'

제임스 포터

> **그**것이 뿔이 난 머리를 천천히 숙였다. 그리고 해리는 깨달았다….'

> **"'나**는 너희가 희미하게 빛나는 연기를 내며 부드럽게 끓어오르는 솥단지의 아름다움이나, 사람의 혈관을 타고 몰래 스며들어 정신을 사로잡고 감각을 흐트러뜨리는 액체의 섬세한 힘을 진정으로 이해할 거라고는 기대하지 않는다….'**"**
>
> 스네이프 교수

마법약

> **"마**법약 수업은 지하 감옥으로 쓰던 방 중 한 곳에서 진행됐다. 그곳은 성의 지상층보다 추웠으며 사방 벽에 늘어선 유리병 속에 둥둥 떠 있는 절여진 동물들이 아니더라도 상당히 <u>으스스</u>했다.**"**

놋쇠 저울 　크리스털 병 　사발과 막자

풍뎅이 　생강 뿌리 　베조아르 　아르마딜로 담즙

초롱초롱 마법약

재료:

- 곱게 빻은 풍뎅이 가루
- 잘게 썬 생강 뿌리
- 아르마딜로 담즙

폴리주스 마법약

- 다른 사람으로 변신할 수 있게 해 준다
- 걸쭉한 진흙 같은 느낌이다. 변신하려는 대상에 따라 색이 달라진다
- 끈적한 거품이 발생한다
- 잘못 끓이면 일이 완전히 꼬일 수 있다

베리타세룸

- 마신 사람이 진실을 털어놓게 만드는 약
- 무색
- 무취
- 강력한 약이라서 마법 정부의 지침에 따라 관리된다

마법약을 제조할 때는 반드시 지팡이를 써야 한다

가리개 없이 노출된 불 위에 솥을 올려야 한다

솥은 일반적으로 백랍이나 쇠로 만들어지는데, 과시를 위해 순금으로 만들 수도 있다.

편하게 들고 나를 수 있도록 모든 솥에는 경량화 마법이 걸려 있으며, 스스로 젓는 기능이나 접는 기능을 추가할 수 있다.

살아 있는 죽음의 물약 만들기

한 시간 정도 끓여야 함

약쑥 우린 물에 아스포델 뿌리 가루를 넣는다

쥐오줌풀 뿌리를 자른다

소포러스 콩을 자른다

혼혈 왕자의 조언:

자르는 것보다 은제 단검의 옆면으로 으깨야 즙이 잘 나옴

마법약이 물처럼 투명해질 때까지 반시계 방향으로 젓는다

혼혈 왕자의 조언:

1번 반시계 방향으로 저은 다음 시계 방향으로 1번 저어야 한다

10분 안에 솥에서 푸르스름한 수증기가 뿜어 나온다

중간 단계에서 블랙베리 색깔의 맑은 액체가 생성되어야 한다

소포러스 콩즙을 알맞게 넣으면 마법약이 옅은 라일락 빛깔로 변한다

마법약이 분홍색으로 변했다가 투명해진다

마법약의 최종 색깔

완전히 잘못됨

충분함

"참고하길 바란다, 포터. 아스포델과 약쑥을 섞으면 '살아 있는 죽음의 물약'이라 불리는 아주 강력한 수면 마법약이 만들어진다.'**"**

스네이프 교수

"물론 아모르텐시아는 실제로 사랑을 만들어 내지는 못한단다. 사랑을 제조하거나 모방하는 건 불가능하지. 그래, 이 약은 그저 강력한 상사병이나 집착을 만들어 낼 뿐이다.'**"**

슬러그혼 교수

아모르텐시아

- 강력한 사랑의 열병을 불러일으킨다
- 진주 같은 광택
- 매력을 느끼는 대상에 따라 각기 다른 향기를 풍긴다
- 나선형으로 증기가 피어오른다
- 이 약으로 인한 집착은 대단히 위험할 수 있다

고급 마법약 제조

리불리우스 보리지

펠릭스 펠리시스

- '액체로 만들어진 행운'이다. 효과가 지속되는 동안 행운을 누릴 수 있다.
- 녹인 금 색깔
- 솥 밖으로 흘러넘치지 않고 방울방울 기분 좋게 튀어 오른다
- 과용하면 무모하고 지나치게 자신만만해진다

145

어둠의 마법 방어법

"'트롤이... 지하 감옥에... 교수님이 아셔야 할 것 같아서요.' 그런 다음 퀴렐은 정신을 잃고 바닥에 쓰러졌다."

"'보가트들은 어둡고 폐쇄된 곳을 아주 좋아한단다.' 루핀 교수가 말을 이었다. '옷장, 침대 밑, 싱크대 아래의 찬장... 하지만 밖으로 나오는 순간, 내석은 우리가 가장 두려워하는 것으로 변할 거야.'"

"지금까지 1년 이상을 버틴 어둠의 마법 방어법 교수는 한 명도 없었다."

"'비명은 지르지 말아 봐요.' 록하트가 나직한 목소리로 말했다. '이것들을 자극할 수 있거든.' 교실 전체가 숨죽이고 있을 때, 록하트가 덮개를 홱 벗겼다. '그래.' 그가 극적인 어조로 말했다. '막 잡아온 은 물릴 펙시들.'"

5학년
힐도리스 엄브리지

"여러분들을 사랑한답니다! 음흠흠흠~ 교과서 교과서 교과서 교과서 교과
되물이했다. '글쎄, 이 교실에서 방어 주문을 써야 할 상황이
일어날 것 같지는 않군요. 그때인가 양. 수업 도중에 공격당할
거라고 생각하는 건 당연히 아니겠죠?"

"**너**도 알면서 말 그때, 해그리드도 말처럼 아무도
그자리를 원하지 않아. 거기다 저주가
걸렸다고들 한다잖아."
해리 포터

1학년
아마쿠스 캐로

"**이**마쿠스가 예전에 어둠의 마법
방어법이면 과목을 가르쳐. 지금은 그냥
어둠의 마법이라고 해."
네빌 롱바텀

6학년
세베루스 스네이프

"**이**제… 스네이프가 맡을 이었다.
들썩 책을 짓는다. 한쪽이 맞을 하지 않고
상대방에게 저주 마법을 걸도록 한다.
상대방은 목같이 맡없이 그 마법을 방어하도록
싶지."

1학년
매드아이 무디

"**누**라는 유리병 안으로
숨을 넣어 거미 한 마리를
집더니 모두가 볼수 있도록
손바닥에 올려놓았다.
그런 다음 지팡이를 겨누고
중얼거렸다. '임페리오.'"

"**한** 명은 해고, 한 명은 사망, 한 명은 기억상실,
한 명은 9개월 동안 집 가방에 간혀 있었지.'
해리가 손가락으로 꼽으며 말했다."

1989-1990년

도둑 지도를 발견함

"'그러니까… 우리가 1학년일 때 말이야, 해리. 어리고, 태평하고, 천진난만하던 그 시절에…' 해리는 코웃음을 쳤다. 프레드와 조지에게 해리는 코웃음을 쳤다. 천진난만했던 시절이 있었는지 한 번이라도 의심스러웠기 때문이다. '…뭐, 지금보다는 천진난만이 좀 있었어.' 그때 필치랑 말썽이 좀 있었지.

· · ·

'그래서 우리는 필치의 서류 보관함에서 '굉장히 위험한 압수품'이라고 표시된 서랍을 발견할 수밖에 없었던 거야.' '설마…' 해리의 얼굴에 슬슬 웃음이 떠오르기 시작했다. '글쎄, 너라면 어떻게 했을 것 같아?' 프레드가 말했다. '조지가 똥폭탄 하나를 더 떨어뜨려서 주의를 돌렸어. 그때 내가 재빨리 서랍을 열고 가져온 게… 이거야.'"

1987-1988년

산성사탕

"'내가 일곱 살 때 프레드가 산성 사탕을 하나 줬는데, 혀가 바로 타면서 구멍이 나더라. 나무에는 마법에 걸린 촛불들이 매달려 있었어.'"

론 위즐리

1983-1984년

론의 곰인형

"'그래, 정 알고 싶으면 말해 줄게. 세 살 때, 내가 자기 장난감 빗자루를 부러뜨렸다고 프레드가 내… 내 곰인형을 흉측한 대형 거미로 바꿔 놨어.'"

론 위즐리

아수라장 만들기의 달인들

프레드와 조지 위즐리는 학업 성적이 우수하지는 않지만 마법 장난 분야에서는 전설적인 명성을 갖고 있다.

12월 1991년

눈싸움

"'위즐리 쌍둥이는 여러 개의 눈덩이가 퀴럴을 쫓아다니면서 터번 뒤에 부딪쳐 튕겨 나오게끔 마법을 건 탓에 벌을 받기도 했다.'"

6월 1992년

변기 뚜껑

"'너한테 변기 뚜껑을 보내려던 건 네 친구 프레드와 조지 위즐리 군이었을 거라고 믿는다. 틀림없이 네가 즐거워할 거라고 생각한 게지.'"

알버스 덤블도어

바보 퍼시

"'퍼시는 프레드가 마법으로 배지의 '반장'을 '바보'로 바꿔 놓은 것을 알아채지 못한 채 모두에게 계속 뭘 보고 낄낄거리느냐고 물었다.'"

12월 1992년

8월 1994년

1톤 헛바닥 토피

"'일부러 떨어뜨린 거잖아!' 위즐리 씨가 고함을 질렀다. '그 애가 먹을 줄 알았겠지. 그 애가 다이어트 중이라는 걸 알고 있었잖아.' '혀가 얼마나 커졌는데요?' 조지가 기대에 찬 말투로 물었다. '1미터 넘게 늘어나고서야 걔 부모가 혀를 줄이게 해 주더구나!'"

9월 1994년

불의 잔 속이려 들기

"'시끄럽게 지글지글하는 소리가 나는가 싶더니, 마치 보이지 않는 투포환 선수가 던지기라도 한 듯 쌍둥이 모두 황금 원 밖으로 내던져졌다. 그들은 불의 잔에서 3미터 떨어진 차가운 돌바닥에 나동그라졌다. 상처에 망신까지 더해 주려는 건지, 펑펑 하는 시끄러운 소리가 나더니 둘의 얼굴에서 똑같이 길고 하얀 턱수염이 자랐다.'"

PINHEAD
GRYFFINDOR

윙윙대는 도깨비불

" 누군가가(해리는 누구 소행인지
금방 알았지만) 마법 폭죽을 커다란
상자째로 터뜨린 것이다.
몸 전체가 녹색과 금색의 불길로 이루어진
용들이 불꽃으로 가득한 요란한 폭발음을 내면서
복도를 이리저리 날아다녔다.
지름 1.5미터의 강렬한 분홍색 회전 폭죽이
수많은 비행접시처럼 위협적으로 공중을
쌩쌩 가르고 있었다. 꼬리에 눈부신 은빛 별들을
길게 매단 로켓들이 벽에 부딪쳐 튕겨 나왔다.
반짝이 폭죽들은 제멋대로 허공에다
욕설을 쓰고 있었으며, 불꽃 폭죽들은
해리의 사방에서 지뢰처럼 폭발했다. "

휴대용 늪

" '그래서, 너희는 학교 복도를 늪으로
바꿔 놓는 게 재미있다고 생각한 거니?'
'꽤 재미있죠. 맞아요.' 프레드가 전혀
두려워하는 기색 없이 그녀를
올려다보며 말했다. "

노을을 향해 날아가기

" 해리는 피브스가 학생의 명령에
복종하는 모습을 단 한 번도 본 적이 없었다.
하지만 프레드와 조지가 밑에 있는 학생들의 떠들썩한
갈채를 받으며 눈부시게 아름다운 노을을 향해
열린 문으로 쏜살같이 나가자, 이번만큼은 그도
두 사람을 향해 힘차게 경례했다. "

149

길어지는 귀

" '시간은 갈레온이란다,
동생아.' 프레드가 말했다.
'어쨌든, 해리 넌 길어지는 귀를 이용한
우리의 수신을 방해하고 있어!'
해리가 눈썹을 치켜올리는 모습을 본 그가
끈을 들어 보이며 덧붙였다.
그 끈은 방 바깥의 층계참으로 이어져
있었다. '아래층에서 무슨 일이
벌어지는지 들어 보려고 애쓰는
중이었거든.' "

프레드와 조지를 기념하며

" '뭐, 플리트윅 교수님이 프레드랑 조지가 만든 늪을 없앴어.'
지니가 말했다. '한 3초 정도 걸렸나.
하지만 창문 밑에 일부를 아주 작게 남겨 놓고
주위에 밧줄을 둘러 놨어.'
'왜?' 헤르미온느가 놀란 표정으로 물었다.
'글쎄, 그냥 정말 뛰어난 마법이라고만 하던데.'
지니가 어깨를 으쓱하며 말했다.
'프레드랑 조지를 기념하려고 남겨 둔 것 같아.'
론이 한입 가득 초콜릿을 물고 말했다. "

마법 손목시계

성인이 된 마법사에게 주는
전통적인 선물

빛을 끌 수 있다. 나중에
쓸 수 있도록 주변의
불빛을 흡수해 저장할
수도 있다

딜루미네이터

리멤브럴

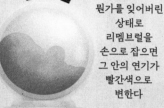

뭔가를 잊어버린
상태로
리멤브럴을
손으로 잡으면
그 안의 연기가
빨간색으로
변한다

용 모형

트라이위저드 대표 선수들이
마주하게 될 용들의 모습

잠자는
용을 절대
간지럽히지
마라

150

마법 지팡이

주문을 걸 때 사용

컴색약병

어떤 음식으로든 숨길 수 있게 바꾸고
생명의 영양을 담을 수는 있다

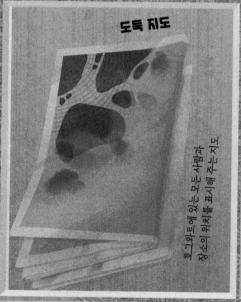

도둑 지도

호그와트에 있는 모든 사람과
장소의 위치를 표시해 주는 지도

맞춤형 확인 깃펜

글쓴이에 맞춤법 등을
고쳐 준다

양면 거울
양면 거울

이 거울에 대고 상대의 이름을
말하면 거울을 통해 말을 걸 수 있다

총기부터
여드름까지
효과가 탁월

코를 깨무는 찻잔

코를 꽉 물어 버리는 찻잔이다

뼈를 다시
자라게 해 주는
마법약

뼈 쑥쑥

타임 터너

착용자의 시간을
뒤로 돌려준다.
신중하게 사용해야
한다

한쪽 끝을 귓속에
넣으면 반대쪽 끝에서
흘러드는 소리를
들을 수 있다

길어지는 귀

다른 깃펜들에 관해서는 40페이지를 보세요

투명 망토

이 망토를 두르면 몸이 보이지 않게 된다

유명 마법사 카드

개구리 초콜릿 안에 들어 있고 유용한 정보가 담긴 수집용 카드

알버스 덤블도어

유리병에 담긴 휴대용 불꽃

헤르미온느가 특별히 만들었고, 온기를 얻기 위해 사용할 수 있다

골든 스니치

붙잡으려면 인내와 기술이 필요한 단단한 공

액체로 만들어진 행운. 마시면 운이 좋아진다

펠릭스 펠리시스

특정한 장면을 확대하고, 재생하고, 천천히 다시 보여준다

옴니오클러스

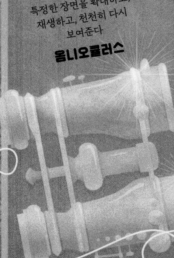

미끼 나팔

달아나면서 폭발음과 검은 연기를 뿜어낸다. 주의를 다른 데로 돌릴 때 쓰면 좋다

주위에 못 믿을 사람이 있으면 불이 커지면서 빙빙 돌아간다

스니코스코프

151

먹으면 커다란 카나리아로 변해서 1분 동안 그 상태로 있게 된다

카나리아 크림

수정구슬점은 대단히 세련된 예술이다. 수정구슬을 집어 던지면 효과적인 무기로도 쓸 수 있다

수정구슬

플루 네트워크를 통해 이 벽난로에서 저 벽난로로 이동할 수 있게 해 준다

플루 가루

먹으면 입에서 연기가 나는 사탕

후추 도깨비

적 탐지경

적이 가까이 오면 이 거울에 모습이 나타난다

베리타세룸

강력한 효과를 내는 진실의 마법약

덤블도어의 군대 갈레온

다음 DA 모임의 날짜와 시간을 보여 줌

← DA에 관해서는 128페이지를 보세요

늑대인간

늑대인간은 한 달에 한 번 보름달이 떴을 때
늑대로 변하는 인간을 말한다

라이칸트로피는 보름달일 때 늑대인간으로 변한 자에게 물려 늑대인간이 된 상태를 말한다.

주둥이가 약간 더 짧고,
꼬리털이 촘촘하고 눈동자가 더 작다는 점 말고는
진짜 늑대와 거의 구별되지 않는 모습이다.

변신한 늑대인간은 투구꽃 마법약으로
흉폭함을 억제하지 않으면 도덕성을 망각하고
인간을 먹이로 삼으려 한다.

라이칸트로피는 마법사들뿐만
아니라 머글들에게도 피해를 줄
수 있다. 딱히 알려진 치료약은
없고, 투구꽃 마법약으로
흉폭함을 억제할 수는 있다.

> "'그 약은
> 나를 안전하게
> 만들어 준단다.
> 보름달이 뜨기
> 1주일 전부터 그
> 약을 마시기만 하면
> 변신을 해도 정신은
> 유지하지…. 연구실에
> 웅크린 채 온순한 늑대로
> 달이 이지러지기를 기다릴
> 수 있어. 그러나 투구꽃
> 마법약이 발견되기 전까지
> 나는 한 달에 한 번씩
> 완전한 괴물이 됐다.'"
>
> 리머스 루핀

늑대인간은 보름달이 뜬 날 말고는
평범한 인간이지만 마법사
공동체에서 신뢰를 얻지
못한다. 마법 정부가
늑대인간 통제과를 두고
늑대인간들을 관리하려
하는데, 대부분의
늑대인간들은 따돌림을
두려워해 자신의 상태를
숨기려 한다.

> "'덤블도어
> 교수님의 믿음은
> 나한테 모든 것을
> 의미했어. 그분은 어린
> 나를 호그와트에 받아
> 주셨고, 어른이 된 내게는
> 일자리를 주셨어.
> 내 정체 때문에 제대로 된
> 직장을 구하지 못하고 기피
> 대상이 됐던 그때 말이야.'"
>
> 리머스 루핀

수그믐

그믐달

하현달

하현달

보름달

차는 볼록달

기우는 볼록달

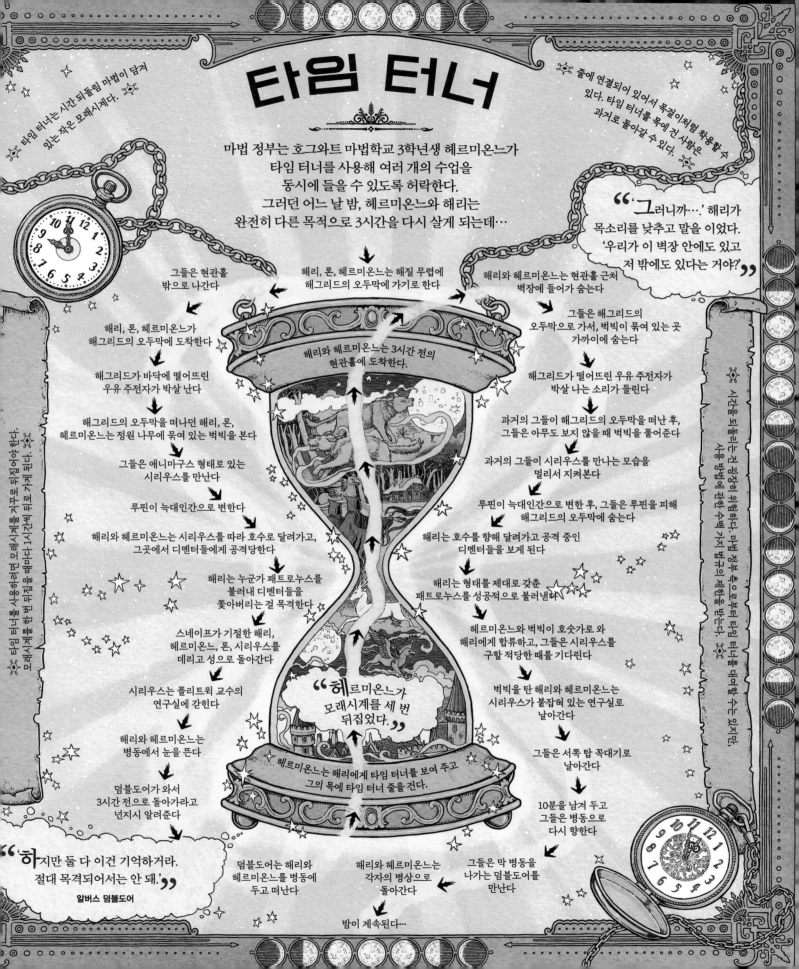

타임 터너

타임 터너는 시간 되돌림 마법이 담겨 있는 작은 모래시계다.

줄에 연결되어 있어서 목걸이처럼 착용할 수 있다. 타임 터너를 목에 건 사람은 과거로 돌아갈 수 있다.

마법 정부는 호그와트 마법학교 3학년생 헤르미온느가 타임 터너를 사용해 여러 개의 수업을 동시에 들을 수 있도록 허락한다. 그러던 어느 날 밤, 헤르미온느와 해리는 완전히 다른 목적으로 3시간을 다시 살게 되는데…

"'그러니까….' 해리가 목소리를 낮추고 말을 이었다. '우리가 이 벽장 안에도 있고 저 밖에도 있다는 거야?'"

해리, 론, 헤르미온느는 해질 무렵 해그리드의 오두막에 가기로 한다

해리와 헤르미온느는 3시간 전의 현관홀에 도착한다.

왼쪽

그들은 현관홀 밖으로 나간다

해리, 론, 헤르미온느가 해그리드의 오두막에 도착한다

해그리드가 바닥에 떨어뜨린 우유 주전자가 박살 난다

해그리드의 오두막을 떠나던 해리, 론, 헤르미온느는 정원 나무에 묶여 있는 벅빅을 본다

그들은 애니마구스 형태로 있는 시리우스를 만난다

루핀이 늑대인간으로 변한다

해리와 헤르미온느는 시리우스를 따라 호수로 달려가고, 그곳에서 디멘터들에게 공격당한다

해리는 누군가 패트로누스를 불러내 디멘터들을 쫓아버리는 걸 목격한다

스네이프가 기절한 해리, 헤르미온느, 론, 시리우스를 데리고 성으로 돌아간다

시리우스는 플리트윅 교수의 연구실에 갇힌다

해리와 헤르미온느는 병동에서 눈을 뜬다

덤블도어가 와서 3시간 전으로 돌아가라고 넌지시 알려준다

오른쪽

해리와 헤르미온느는 현관홀 근처 벽장에 들어가 숨는다

그들은 해그리드의 오두막으로 가서, 벅빅이 묶여 있는 곳 가까이에 숨는다

해그리드가 떨어뜨린 우유 주전자가 박살 나는 소리가 들린다

과거의 그들이 해그리드의 오두막을 떠난 후, 그들은 아무도 보지 않을 때 벅빅을 풀어준다

과거의 그들이 시리우스를 만나는 모습을 멀리서 지켜본다

루핀이 늑대인간으로 변한 후, 그들은 루핀을 피해 해그리드의 오두막에 숨는다

해리는 호수를 향해 달려가고 공격 중인 디멘터들을 보게 된다

해리는 형태를 제대로 갖춘 패트로누스를 성공적으로 불러낸다

헤르미온느와 벅빅이 호숫가로 와 해리에게 합류하고, 그들은 시리우스를 구할 적당한 때를 기다린다

벅빅을 탄 해리와 헤르미온느는 시리우스가 붙잡혀 있는 연구실로 날아간다

그들은 서쪽 탑 꼭대기로 날아간다

10분을 남겨 두고 그들은 병동으로 다시 향한다

"헤르미온느가 모래시계를 세 번 뒤집었다."

헤르미온느는 해리에게 타임 터너를 보여 주고 그의 목에 타임 터너 줄을 건다.

"하지만 둘 다 이건 기억하거라. 절대 목격되어서는 안 돼.'"
알버스 덤블도어

덤블도어는 해리와 헤르미온느를 병동에 두고 떠난다

해리와 헤르미온느는 각자의 병상으로 돌아간다

그들은 막 병동을 나가는 덤블도어를 만난다

밤이 계속된다…

타임 터너를 사용하려면 모래시계를 거꾸로 뒤집어야 한다. 모래시계를 한 번 뒤집으면 뒤집을 때마다 1시간씩 뒤로 가게 된다.

시간을 되돌리는 건 굉장히 위험하다. 마법 정부 측으로부터 타임 터너를 다루는 데 사용 방법에 관한 수백 가지 법규의 제한을 받는다.

정신 마법

마법에 걸린 소망의 거울부터,
타인의 기억을 들여다보는 힘에 이르기까지
정신 마법은 감당하기 어려운 진실을 드러낼 수 있다.

> **"'꿈**에 사로잡혀 삶을 잊는 것은
> 아무 소용 없는 일이라는 것을 꼭 기억하거라.'**"**
>
> 알버스 덤블도어

∽ 소망의 거울 ∽

> **"'이** 거울이 보여 주는 건 우리 마음속 가장 깊고도
> 간절한 욕망 그 이상도 이하도 아니란다.
> 가족을 전혀 몰랐던 너는 가족들이 네 주위에 서 있는
> 모습을 보지. 늘 형들에게 가려져 있던 로널드 위즐리는
> 어떤 형제보다도 뛰어난 모습으로 홀로 서 있는 자기 모습을
> 보고. 하지만 이 거울은 우리에게 지식이나 진실을 전해 주지
> 않는단다. 많은 사람이 이 앞에서 인생을 허비했어.
> 여기에 비치는 모습에 도취되거나 광기에 빠져서,
> 거울이 보여 주는 게 현실인지, 심지어 가능한 일인지조차
> 알지 못하는 채로 말이다.'**"**
>
> 알버스 덤블도어

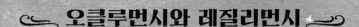

∽ 오클루먼시와 레질리먼시 ∽

오클루먼시는
외부의 침투로부터
정신을 방어할 수 있는
마법 기술이다.
마법의 한 종류이며,
마법적 침투나
영향력으로부터 정신을
지키려 할 때 대단히 유용하다.

> **"'예**컨대 어둠의 왕은 누가 자기에게
> 거짓말을 하면 대부분 알아차리지.
> 오직 오클루먼시를 습득한 사람만이
> 그 거짓말에 어긋나는 감정과 기억을 은폐할 수 있고,
> 그래서 그자 앞에서도 들키지 않고
> 거짓을 말할 수 있다.'**"**
>
> 세베루스 스네이프

레질리먼시는
타인의 정신으로부터 감정과 기억을
뽑아내는 능력이다. 레질리먼시에
숙달한 사람은 특정한 조건 하에서
대상자의 정신을 속속들이 파헤쳐
원하는 것을 찾아낼 수 있다. 레질리먼시
능력을 쓰려면 상대와 눈을 마주쳐야
한다. 주문은 '레질리먼스'다.

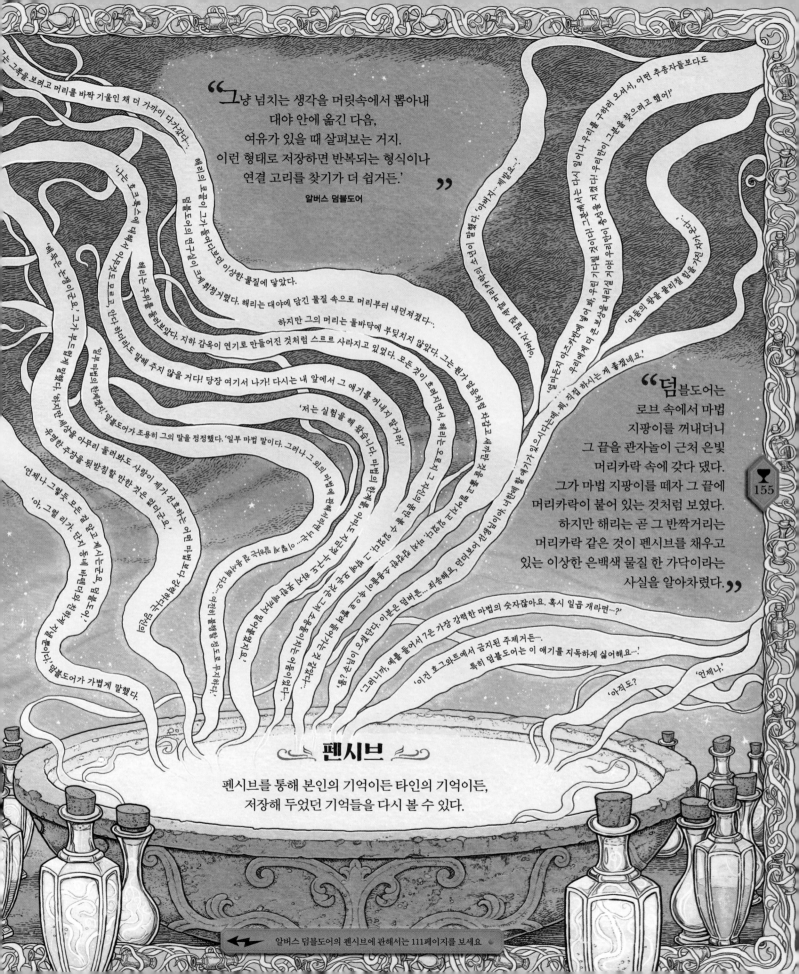

'그냥 넘치는 생각을 머릿속에서 뽑아내
대야 안에 옮긴 다음,
여유가 있을 때 살펴보는 거지.
이런 형태로 저장하면 반복되는 형식이나
연결 고리를 찾기가 더 쉽거든.'

알버스 덤블도어

해리의 코끝이 그가 들여다보던 덤블도어의 연구실이 크게 휘청거렸다.

해리는 대야에 담긴 물질 속으로 머리부터 내던져졌다…

하지만 그의 머리는 돌바닥에 부딪치지 않았다. 지하 감옥이 연기로 만들어진 것처럼 스르르 사라지고 있었다. 모든 것이 흐릿해지면서, 해리는 으로지그시 잠시…

'덤블도어는
로브 속에서 마법
지팡이를 꺼내더니
그 끝을 관자놀이 근처 은빛
머리카락 속에 갖다 댔다.
그가 마법 지팡이를 떼자 그 끝에
머리카락이 붙어 있는 것처럼
보였다. 하지만 해리는 곧 그 반짝거리는
머리카락 같은 것이 펜시브를 채우고
있는 이상한 은백색 물질 한 가닥이라는
사실을 알아차렸다.'

155

펜시브

펜시브를 통해 본인의 기억이든 타인의 기억이든,
저장해 두었던 기억들을 다시 볼 수 있다.

알버스 덤블도어의 펜시브에 관해서는 111페이지를 보세요

어둠의 마법

역사를 돌이켜 보면 어둠의 마법을 쓰는 자들은 늘 있었다.
물론 그중 제일 유명하고 강력한 자는 볼드모트 경이다.

"어둠의 마법은…' 스네이프가 말했다.
'종류가 많고 다양하며 끊임없이 변화하고 영원하다.
어둠의 마법과 싸운다는 건 머리가 여럿
달린 괴물, 목 하나가 잘리면
전보다 더 사납고 영리한
머리가 돋아나는 괴물을
상대하는 것과 같다. 너희는
형태가 분명하지 않고 수없이
바뀌며 파괴할 수 없는 것과
싸우는 것이다.'**"**

"나는 내 육체에서 떨어져 나가
영혼보다도 못한, 가장 비천한 유령보다도 못한
존재가 되어 버렸다… 하지만 그래도 나는 살아
있었다. 내가 무엇이었는지는 나조차도
알 수가 없다…. 내가, 불멸로 향하는 길을 따라
그 누구보다 멀리까지 갔던 이 내가 말이다.
너희는 내 목표를 알고 있다. 바로 죽음을
정복하는 것이지. 지금의 나는 시험을 치렀고,
하나 이상의 실험이 성공했음을
증명해 보였다….'**"**

볼드모트 경

156

"학교를 떠난 뒤 리들은 자취를 감췄고…
먼곳을 두루 여행하며… 어둠의 마법에 너무 깊이 빠지면서
매우 사악한 마법사와 어울렸다네. 위험한 마법적 변형을
너무 많이 거친 탓에 리들이 볼드모트 경으로
다시 나타났을 때는 거의
알아볼 수조차 없었지.'**"**

알버스 덤블도어

죽음을 먹는 자들

1획 마법사 전쟁 중에 볼드모트 경은
'죽음을 먹는 자들'이라 불리는 헌신적인
추종자들을 모아 '어둠의 징표' 아래 결집시켰다.

'모즈모드레' 주문으로 하늘에 어둠의
징표를 쏘아 올릴 수 있다. 죽음을 먹는
자들은 이 방법으로 마법사 공동체들을
공포에 사로잡히게 한다.

볼드모트는 죽음을 먹는 자들의 팔에 직접
어둠의 징표를 불로 지져 새겼는데, 그들을 자기
사람으로 구별 짓고 필요할 때 소환하기 위해서였다.

용서받지 못하는 저주들

용서받지 못하는 저주는 세 가지가 있다.
그중 하나만 사용해도 종신형을 선고받고
아즈카반에 투옥된다.

임페리오 임페리우스 저주의 주문.
상대를 완전히 마음대로 조종할 수
있게 해 준다.

크루시오 크루시아투스 저주의 주문.
상대에게 고문을 가한다

아바다 케다브라 살해 저주의 주문.
이 저주를 맞고도
이 저주에 대한 반격 마법은 없으며,
살아남은 사람은 한 명뿐이다…

> '**교**수님이 혹시 알고 계시는지
> 궁금해서요. 그… 호크룩스에 관해서요.'
> 슬러그혼은 순간 굳어 버렸다.
> 그의 동그란 얼굴이 움푹 꺼지는 듯했다.
> 그는 입술을 핥더니
> 쉰 목소리로 말했다.
> '뭐라고 했니?'

1차 마법사 전쟁에서 볼드모트가 패한 후 그의 추종자들 다수는
처벌을 피하려고 숨거나, 임페리우스 저주 때문에 어쩔 수 없이
볼드모트에게 협력했다고 주장했다. 나머지는 아즈카반에서
종신형을 살면서 어둠의 왕의 귀환을 기다렸다.

> '**수**많은 죽음을 먹는 자들이 그자가 자기들을 믿는다고, 자기들은
> 그와 가까운 존재이고 심지어 그의 마음속까지 다 이해한다고 주장하는 것을
> 들어 봤을 게다. 망상이지. 볼드모트 경에게는 친구가 있었던
> 적이 단 한 번도 없고, 나는 그가 친구를
> 바랐던 적도 없을 거라 믿는다.'
>
> 알버스 덤블도어

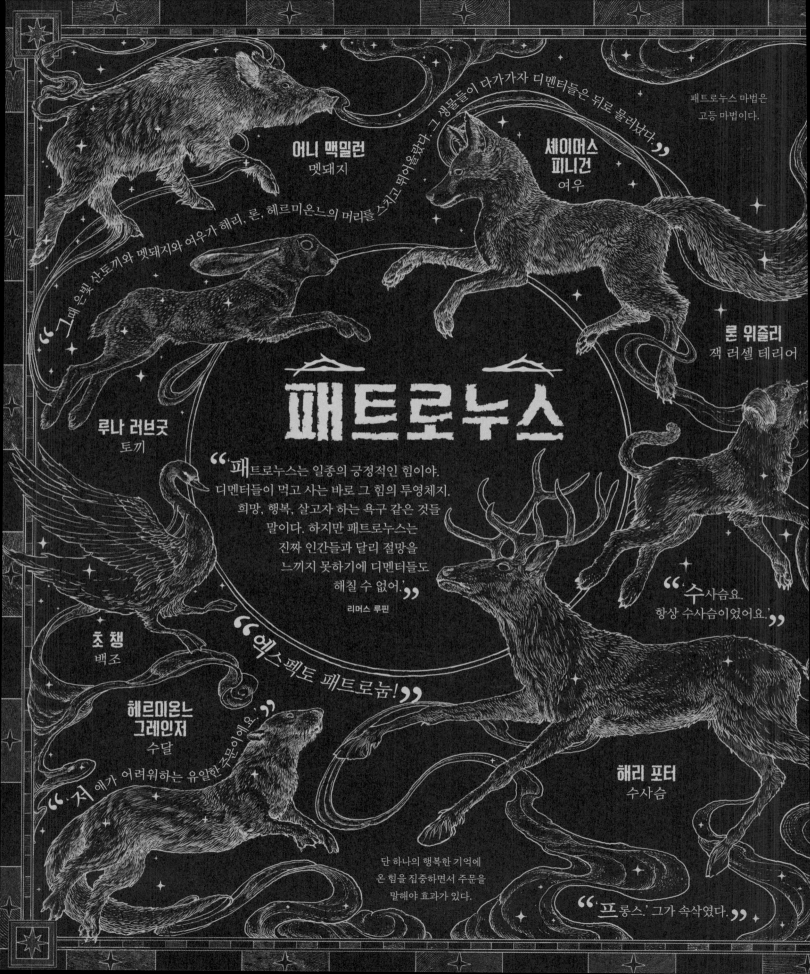

패트로누스 마법은
고등 마법이다.

어니 맥밀런
멧돼지

세이머스
피니건
여우

"그때 은빛 산토끼와 멧돼지와 여우가 해리, 론, 헤르미온느의 머리를 스치고 뛰어올랐다. 그 생물들이 다가가자 디멘터들은 뒤로 물러났다."

론 위즐리
잭 러셀 테리어

패트로누스

루나 러브굿
토끼

"패트로누스는 일종의 긍정적인 힘이야.
디멘터들이 먹고 사는 바로 그 힘의 투영체지.
희망, 행복, 살고자 하는 욕구 같은 것들
말이다. 하지만 패트로누스는
진짜 인간들과 달리 절망을
느끼지 못하기에 디멘터들도
해칠 수 없어.'
리머스 루핀

"수사슴요.
항상 수사슴이었어요.'

초 챙
백조

"엑스페토 패트로눔!"

헤르미온느
그레인저
수달

해리 포터
수사슴

"'저에가 어려워하는 유일한 주문이에요.'"

단 하나의 행복한 기억에
온 힘을 집중하면서 주문을
말해야 효과가 있다.

"'프롱스.' 그가 속삭였다."

"달빛처럼 밝고 눈부신 은백색 암사슴이 여전히 소리 없이. 고운 가루처럼 쌓인 눈에 아무런 발자국도 남기지 않고 땅 위를 조심조심 내딛고 있었다."

"그 빛은 밝은 은색을 띤 족제비로 변하더니 뒷다리로 서서 위즐리 씨의 목소리로 말했다.

아서 위즐리
족제비

모든 마법사가 형태를 제대로 갖춘
패트로누스를 소환할 수 있는 것은 아니다.
흐릿한 빛줄기와 은빛 안개 정도로
나타나기도 한다.

킹슬리 샤클볼트
스라소니

각 패트로누스는
그것을 소환한
마법사만의 고유한
특징을 갖는다.

**알버스
덤블도어**
불사조

159

"우아하게 빛나는
스라소니가 깜짝 놀란
춤꾼들 한가운데 가볍게
내려앉았다."

님파도라 통스
늑대

애버포스 덤블도어
염소

"패트로누스가 왜 바뀌죠?"

마법사의 일생
중에 패트로누스의
형태가 변할 수도
있다.

미네르바 맥고나걸
고양이

"지팡이 끝에서
눈 주위에 안경
무늬가 있는 은색 고양이
세 마리가 튀어나왔다."

리머스 루핀
늑대

6

마법에
헌신하고
마법을
드높이는
기관들

마법사 세계에서 제일 중요하고 오래된 기관들을 살펴보자. 마법
정부의 각 층을 들여다보는 동안 미스터리부에 홀릴 수도 있다.
세인트 멍고 마법 질병 상해 병원과 그린고츠 마법사 은행, 악명 높은
마법사 감옥 아즈카반도 둘러보자.

마법 정부

1707년에 공식 설립된 마법 정부(M.O.M.)는
영국의 마법 공동체를 통치하고 있다.
런던 한복판의 지하에 위치해 있으며
주요 업무는 마법 세계를 지키고 머글로부터
비밀을 유지하는 것이다.

~ 마법 정부 방문하기 ~

방문객은 마법 정부 건물 위에 자리한
공중전화 부스를 통해 입장해야 한다.

1. 전화기 다이얼을 돌려 62442에 전화를 건다
2. 이름과 용무를 말한다
3. 동전 반환구에서 나오는 방문객 배지를 받는다
4. 전화 부스가 마법 정부 중앙 홀을 향해 승강기처럼 내려간다

마법 정부 총리

해리가 호그와트에 다니는 동안
마법 정부 총리 자리를 거친 사람은
네 명이며 이름은 코닐리어스 퍼지,
루퍼스 스크림저,
파이어스 시크니스,
킹슬리 샤클볼트다.
마법 정부 총리 총리는
올리 갬프다. 머글 총리의 시계에
걸려 있는 올리 갬프의 초상화는
비상시 마법 세계와 연락을
주고받는 용도로 사용한다.

직원들은 중앙 홀의 벽난로를 통해 들어간다.

추가 보안이 필요한 경우, 직원들은 공중 화장실의
비밀 출입구인 변기를 통해 들어가야 한다. 지저분한
흑백 타일로 된 화장실이지만 입장 시 금화를 사용한다.

~ 오러 ~

오러는 어둠의 마법사를 체포하는 일을 한다.
오러가 되고 싶다면 알아야 할 점들:

- N.E.W.T. 시험에서 최소 5과목 이상 '기대 이상' 점수를 받아야 한다 어둠의 마법 방어법, 변환 마법, 일반 마법, 마법약 과목을 포함하는 게 좋을 것이다
- 실용적 방어 기술을 갖춰야 하고, 긴박한 상황에 잘 대처해야 하며, 엄격한 인성 및 적성 검사를 통과해야 한다
- 3년 동안 은신과 위장, 잠행과 추적을 포함한 추가 훈련을 받고 시험을 치러야 한다

" '그 덕에 오러 훈련 기간 동안 공부
한 번 하지 않고 은신과
위장 과목에서 최고 점수를 받았지.
정말 좋았어.' "

님파도라 통스

위즌가모트

마법사 대법원인 위즌가모트는 마법 정부보다 더 오래된 기관이다.
현재는 법원 겸 입법부의 기능도 수행한다.
은신로 'W'자가 수놓인 자두색 로브를 입은 위원들은
위즌가모트 권리 헌장을 준수하며, 마법사 법을 위반한 혐의가 있는
사람들에 대해 판결을 내린다.
알버스 덤블도어는 위즌가모트 최고위원장을 겸한다.

그 외에 법 집행 팀으로는 마법 수사대, 늑대인간 생포과,
특수 요원들이 있다.

펄펄 끓는 차를
뿜어 대는 찻주전자

크기가
줄어드는 열쇠

코를 집는
각설탕 집게

머글 제품
～ 오용 관리과 ～

마법이 발각될 우려가 있는 만큼, 머글의 일상 제품에
마법을 걸어 사용하는 것은 불법이다. 아서 위즐리는 머글 제품
오용 관리과에서 일하면서 온갖 마법 물건들을 처리한다.

역류하는
변기

끓는 주전자

～ 멀린 훈장 ～

15세기 이래로 위즌가모트가 멀린 훈장을
수여하고 있다.

1급 멀린 훈장
용기 있는 행동을 했거나
탁월한 마법 능력을 가진 자

● **알버스 덤블도어**: 어둠의 마법사
그린델왈드를 물리친 공로

● **코닐리어스 퍼지**: 뛰어난 업적을
세운 공로(셀프 수여)

● **아르크투루스 블랙**: 별다른 공로는
없었음 (우연찮게도 마법 정부에
엄청난 기부금을 낸 후에 훈장을 받음)

● **피터 페티그루**: 시리우스 블랙을
체포하는 일을 도운 공로

2급 멀린 훈장
일반적인 수준 이상의
노력을 하거나 성취한 자

● **뉴트 스캐맨더**: 마법 동물
연구를 통해 마법동물학에
기여한 공로

3급 멀린 훈장
지식 축적이나 오락거리에
기여한 자

● **길더로이 록하트**: 문학적으로
대단한 업적을 세운 공로

● **대모클리스 벨비**: 투구꽃 마법약을
만든 공로(몇 급 훈장인지는 알 수 없음)

～ 법의 지지자들 ～

"그건 사고였어! 고모를
부풀렸다는 이유만으로 사람들을
아즈카반에 보내진 않아!**"**

코닐리어스 퍼지

마법 정부는 설립 후
무수한 법과 법령을 통과시켰다.

국제 비밀 유지 법령
(1689년에 서명. 마법 정부가 영국 내에서 감독)
1994년 퀴디치 월드컵에서 마법사들은
웜본 와스프스 유니폼과 허벅지까지 오는
덧신이 달린 트위드 정장 같은 걸 입고
'완전한 머글 표준 복장'을 갖춘 척했다

확장 마법의 사적 이용 금지 법령
헤르미온느 그레인저는 작은 핸드백에
확장 마법을 걸었고, 이 법령을 위반했다

미성년 마법의
합리적 제한에 관한 법령
해리 포터는 부유 마법을 사용함으로써 이 법령을
위반했다는 혐의를 받았다. 그런데 사실
해리는 마저리 더즐리를 풍선처럼 부풀렸을 때
이 법령을 어겼다

실험적 사육 금지법
(1965년 뉴트 스캐맨더가 법안 작성)
누군가 불을 뿜는 닭을 만들어 내
이 법을 위반했다

머글 제품에 마법 걸기 금지법
아서 위즐리는 날아다니는 자동차를
만들었지만, 본인이 사용할 의도가 아니면
마법을 걸어도 된다는 법의 허점 덕분에
이 법을 위반하지 않은 게 됐다
(하지만 그가 이 자동차에 확장 마법을
사용한 건 사실이었다)

163

← 덤블도어의 멀린 훈장에 관해서는 111페이지를 보세요

마법 정부 둘러보기

마법 정부 총리는 초상화나 플루 네트워크를 통해 머글 총리와 종종 이사소통을 한다. 물론 어떤 머글 총리도 이 사실을 인정하지 않을 것이다.

"'내 입장도 생각해 주시오. 나는 엄청난 압력을 받고 있어요. 뭐라도 하고 있다는 걸 보여 줘야 한단 말이오.'"
— 코닐리어스 퍼지, 마법 정부 총리

1 마법 정부 총리의 집무실
1 마법 정부 총리의 집무실
2 비서실

2 마법 사법부

"'...물론 어떤 머글도 열쇠가 점점 줄어든다는 걸 인정하려 하지 않기 때문에 범인을 잡기는 어려워.'"
— 아서 위즐리, 머글 제품 오용 관리과

3 오러 본부
4 빗자루 벽장
5 머글 제품 오용 관리과
6 위즌가모트 행정 사무실
7 마법 부당사용 관리과

3 마법 사고 및 재난부
8 마법 사고 복구반
9 망각 마법사 본부
10 거짓 정보부
11 마즌 상태 해괴 위원회

4 마법 생명체 통제 관리부

망가 마법사는 마법 활동을 목격했을 가능성이 있는 머글들이 기억을 삭제하거나 수정하기 위해 망가 마법 사용에 관한 특별 훈련을 받는다.

12 동물과
- 용 연구 및 통제 사무소
- 늑대인간 생포과
- 늑대인간 등록과
- 굴 특별 기동대
- 켄타우로스 교섭과*
- 유해 생물 퇴치 관리과

13 인간과
- 집요정 배치부
- 늑대인간 지원과
- 고블린 교섭과

14 영혼과

*임무를 한 적이 한 번도 없음

5 국제 마법 협력부
15 국제 마법 무역 기준 관리과
16 국제 마법 법률 사무소
17 국제 마법사 연맹 영국 지회

"'솥 두께를 표준화하려는 중이야.'"
— 퍼시 위즐리, 국제 마법 협력부

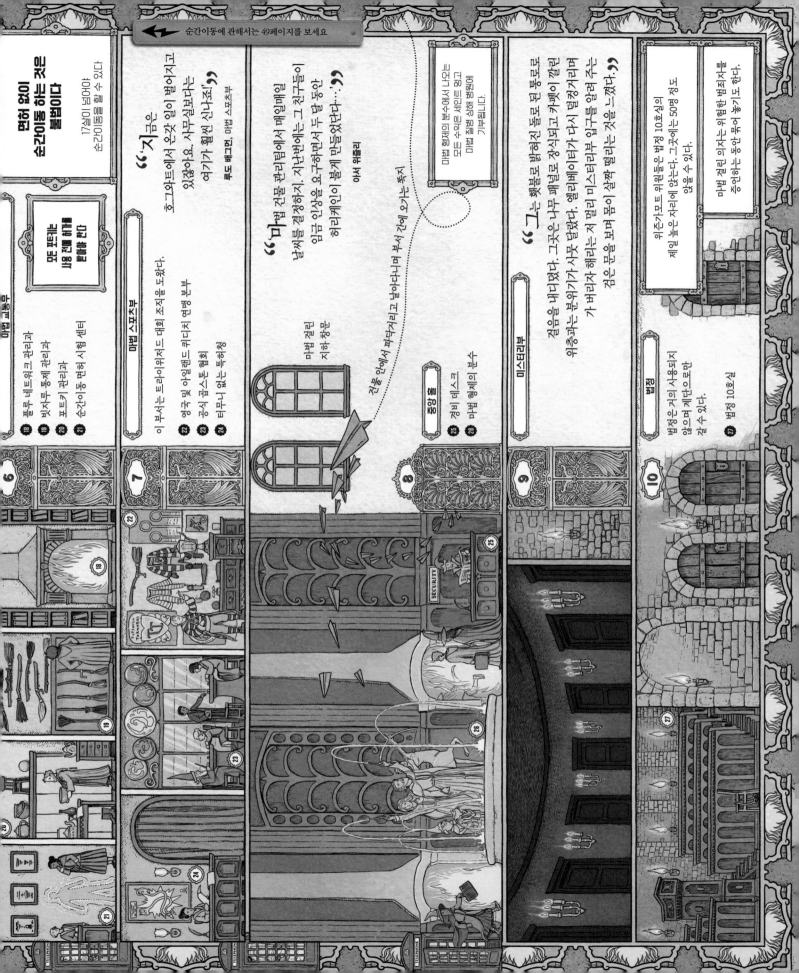

순간이동에 관해서는 49페이지를 보세요

면허 없이 순간이동 하는 것은 불법이다

17살이 넘어야 순간이동을 할 수 있다

모든 포트키는 사용 전에 허가를 받아야 한다

마법 교통부

- ⑱ 플루 네트워크 관리과
- ⑲ 빗자루 통제 관리과
- ⑳ 포트키 관리과
- ㉑ 순간이동 면허 시험 센터

"'지'금은 호그와트에서 온갖 일이 벌어지고 있잖아요. 사무실보다는 여기가 훨씬 신나죠!'"

루도 배그먼, 마법 스포츠부

마법 스포츠부

이 부서는 트라이위저드 대회 조직을 도왔다.

- ㉒ 영국 및 아일랜드 퀴디치 연맹 본부
- ㉓ 공식 굽스톤 협회
- ㉔ 티끌만 없는 득쇠청

"'마'법 전문 관리팀에서 메일메일 날씨를 결정하지. 지난번에는 그 친구들이 임금 인상을 요구하면서 두 달 동안 허리케인을 몰게 만들었다는…'"

아서 위즐리

중앙 홀

- ㉕ 경비 데스크
- ㉖ 마법 형제의 분수

마법 형제의 분수에서 나오는 모든 수익은 세인트 멍고 마법 질병 상해 병원에 기부됩니다.

"'그'는 해블로 받쳐진 돌로 된 통로로 걸음을 내디뎠다. 그곳은 너무 패널로 장식되고 카펫이 깔린 위층과는 분위기가 사뭇 달랐다. 엘리베이터가 다시 덜컹거리며 가 버리자 해리는 저 멀리 미스터리부 입구를 알려 주는 검은 문을 보며 몸이 살짝 떨리는 것을 느꼈다.'"

미스터리부

법정

위즌가모트 위원들은 법정 10호실의 제일 높은 자리에 앉는다. 그곳에는 50명 정도 앉을 수 있다.

- ㉗ 법정 10호실

법정은 거의 사용되지 않으며 제한으로만 갈 수 있다.

마법 결린 이자는 위험한 범죄자를 증언하는 동안 묶어 놓기도 한다.

미스터리부

마법 정부 건물 지하 9층은
'입에 담지 말아야 할 자들'이라고 불리는
직원들이 마법의 가장 큰 미스터리를
연구하는 흥미로운 곳이다.

66 바닥과 천장을 비롯한 방 안의 모든 것이 까맸다.
별 특징도 없고 손잡이도 없는 똑같은 검은색 문들이
사방의 검은 벽에 간격을 두고 나 있고,
그 사이마다 걸린 촛대에서는 촛불들이 파랗게 타올랐다.
빛나는 대리석 바닥에 비치는 그 서늘하고 어스레한 빛 때문에
마치 발아래 검은 물이 있는 것처럼 보였다. **99**

원형 방

66 으스스하게
빛나는 그 뇌들은
초록색 액체
깊은 곳에서 시야
안팎을 넘나들며
떠다니고 있었다.
끈적거리는
꽃양배추처럼
보이기도 했다. **99**

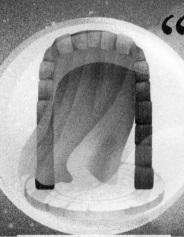

66 베일은
방금 누군가가
지나간 듯
부드럽게
흔들리고
있었다. **99**

뇌의 방

죽음의 방

'**미**스터리부에는… 언제나 잠겨 있는 방이 있다.
그 방에는 죽음이나 인간의 지성, 자연의 힘보다 더 놀랍고
더 무서운 힘이 들어 있지. 또한 그것은 어쩌면 미스터리부에 있는
수많은 연구 주제 가운데 가장 불가사의한 것일지도 모른다.
그 방에 있는 힘은, 너는 잔뜩 가지고 있지만
볼드모트는 전혀 갖지 못한 힘이다.'

알버스 덤블도어

잠긴 문

그 안에서 반짝이는 바람결을 따라
일렁이고 있는 것은 보석처럼 빛나는 작디작은 알이었다.
덮개 안에서 떠오른 그 알이 갈라지더니 벌새가 나타났다.
벌새는 꼭대기까지 떠올랐지만, 찬바람을 받아 가라앉으면서
깃털이 후줄근해지고 축축해졌다. 바닥으로 돌아갔을 때
새는 다시 한번 알에 감싸여 있었다.

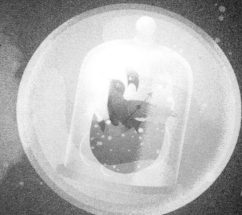

167

시간의 방

꿈에서 본 바로
그곳이었다. 그곳을
찾아냈다. 교회처럼
높고, 먼지투성이
조그만
유리구슬이 가득
들어찬 우뚝 솟은
선반 진열장들로
빽빽한 방이었다.

S.P.T.가
A.P.W.B.D.에게
어둠의 왕
그리고(?) 해리 포터

해리가 더 잘
보려고 먼지를 털어
내는 동안 다른
친구들이 해리
주위로 다가와
그 유리구슬을
바라보았다.

예언의 방   ## 97번 열

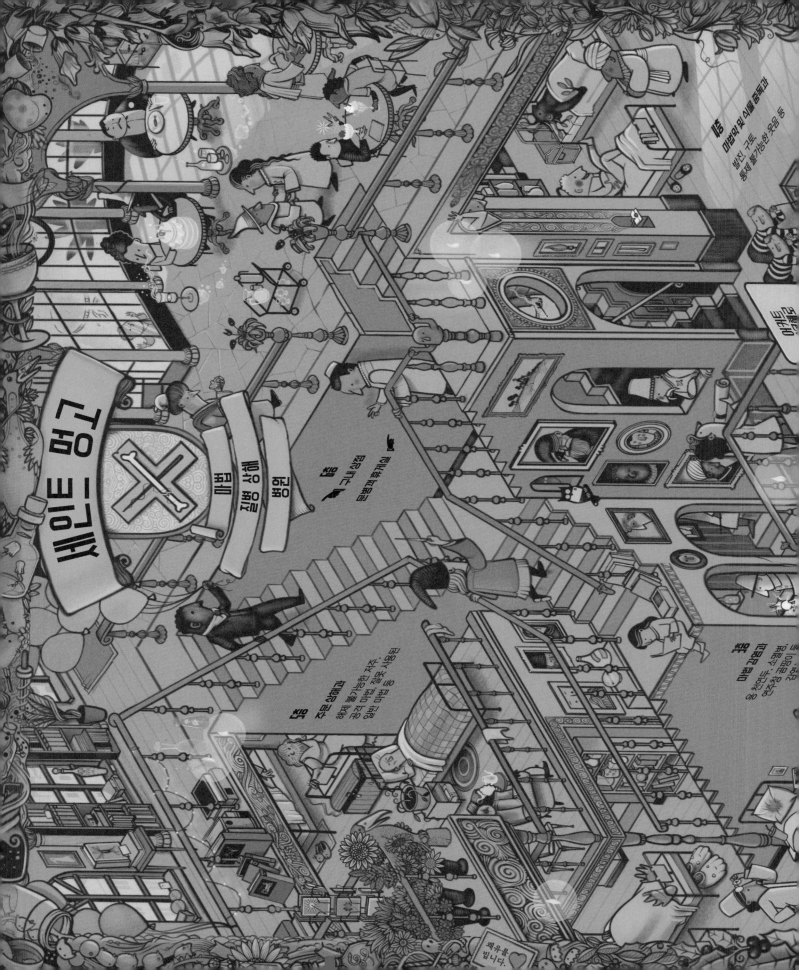

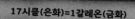

그린고츠
마법사 은행

방문객은 여기서
마귀 돈을 마법사 세계의
통화로 환전할 수 있다

금고를
방문하려는
고객은
(열쇠가
있는 경우)
반드시 열쇠를
가져와야 하고,
금고들이
숨겨져 있는
은행 지하
깊숙한 곳으로
안내를 받아
내려가야
한다

" **보**안 수준이 높은 금고는
용들이 지키고 있다는 얘기도 있어.
게다가 찾기도 어렵지. 그린고츠는 런던 밑속
수백 킬로미터 밑에 있거든. 지하철보다도 깊어.
어떻게든 뭔가를 손에 넣는다고 해도 거기서
빠져나오기 전에 아마 굶어 죽을 거다.'

루비우스 해그리드

위즐리 가문
금고

" **그**림숙이 자물쇠를 열었다.
녹색 연기가 자욱하게 피어 올랐다.
연기가 가시자 해리는 숨을 헉 들이켰다. 안에는 금화가
언기가 가시자 해리는 숨을 헉 들이켰다. 은화가 쌓여 만든 기둥들도
산더미처럼 쌓여 있었다. … 그 너머로는 크너트도 보였다. "

" **듣**거라, 넌던 애야, 그러나 주의하라
탐욕 좌악을 기다리는 운제 있나니
체게하며 스스로 별지 않는 자
빗싼 대가를 치르리라
단 한 번도 그게 것이 아니었던 보물을
우리 부밀에서 찾으려 든다면
찾고하니 도적이여, 명심하라
그대가 찾게 되는 건 보물만이 아님을. "

그린고츠
마법사 은행은
다이애건 앨리에
위치한 것으로
잘 알려져 있다

" **그**들은 횃불이 밝혀져 있는,
돌로 된 좁은 통로에 와 있었다. 통로는 아래로
가파르게 이어져 있었고 바닥에는 작은 철로가 깔려 있었다.
그림숙이 휘파람을 불자 그쪽으로 작은 수레가 철로를 따라
돌진해 왔다. 해그리드가 조금 애를 먹긴 했지만
그들은 수레에 올라 출발했다. "

아즈카반 감옥

북해 한가운데에 자리한 마법사 감옥
아즈카반 요새는 마법사 세계에서 가장 악명 높은
자들의 집이다.

> **아**즈카반은 바다 먼 곳 아주 작은 섬에 만들어진
> 요새지만 죄수들을 안에 붙잡아 놓는 데는
> 굳이 성벽이나 바닷물이 필요하지 않단다.
> 모두 기분 좋은 생각이라고는 조금도 하지 못하고
> 자기 머릿속에만 갇혀 있으니까.
> 대부분은 몇 주 안에 미쳐 버리지.'
>
> **리머스 루핀**

아즈카반이 있는 북해의 섬은
머글 지도는 물론이고 마법 지도에도
기재된 적이 없다

아즈카반은 15세기부터 존재했는데,
원래 에크리즈디스라는 별로 알려지지
않은 마법사의 집이었다.
에크리즈디스는 최악의 마법인
어둠의 마법을 구사한 자였다

에크리즈디스가 죽자 아즈카반에
걸어 놓은 은신 마법이 풀리면서
마법 정부가 아즈카반의 존재를
알게 됐다

조사단은 아즈카반 요새에 디멘터들이
우글거린다는 것을 알아냈다.
디멘터들은 그곳에서 행해진 어둠의
마법의 불행하고 고통스러운 면에
이끌려 온 것이다. 그 후 수년 동안
이 섬은 그대로 방치됐다

1692년 국제 비밀 유지 법령이 시행된
후, 18세기 마법 정부 총리 대모클리스
롤은 아즈카반을 외지고 잘 감춰진
마법사 감옥으로 사용하기로 하고,
디멘터들을 간수로 쓰기로 했다

아즈카반의 디멘터들

> ## "'디멘터들은 이 땅을 걸어 다니는 가장 추잡한 생명체 가운데 하나야.'"
>
> 리머스 루핀

> ## "눈이 있어야 할 곳에는 잿빛을 띤 딱지투성이 얇은 피부만 텅 빈 구멍 위로 축 늘어져 있었다. 하지만 입은 있었다… 형체가 또렷하지 않은 구멍이 떡 벌어진 채, 죽어가는 사람의 목에서 나는 것 같은 가래 끓는 소리를 내며 공기를 빨아들였다."

> ## "'수백 명이 자기들과 함께 갇혀 있다면 그 사람들의 행복을 다 빨아먹을 수만 있다면, 놈들은 죄가 있든 말든 관심도 없어.'"
>
> 루비우스 해그리드

◆ 디멘터는 아즈카반 감옥의 간수다. 어둡고 지저분한 곳에서 살면서 주변에 있는 자들의 절망을 먹이로 삼는다

◆ 눈이 보이지 않기 때문에 주변의 감정을 감지하고 평화와 희망과 행복을 빨아먹으며 길을 알아낸다

◆ 디멘터는 속임수나 변장, 투명 망토에 속아 넘어가지 않는다

◆ 마법사는 디멘터와 너무 오래 함께 있으면 마법의 힘을 쭉쭉 빨리다가 거의 미쳐 버리는 상태에 이르게 된다

◆ 디멘터 근처에 있는 사람은 뼛속까지 시린 느낌을 받고, 특유의 그르렁거리는 숨소리를 들으며, 썩은 내를 맡는다 디멘터의 얼굴을 본 사람은 거의 없는데, 디멘터가 입맞춤을 하려고 두건을 젖힐 때를 제외하고는 늘 망토의 두건을 내려 쓰고 다니기 때문이다

◆ 입맞춤은 디멘터의 치명적인 무기다 상대의 입을 콱 물고 영혼을 빨아들인다

173

(알려진) 탈옥

아즈카반에서 탈옥한 자는 없다는 게 마법 정부의 공식 입장이다. 하지만 마법 정부는 1993년 시리우스 블랙이 단독으로 해낸 가장 악명 높고 대범한 탈옥을 숨기지 못했다.

> ## "'여태껏 아즈카반에서 도망친 사람은 한 명도 없지 않아요, 언? 어떻게 탈옥했는지 전혀 모르겠다니까요.'"
>
> 스탠 션파이크

블랙의 행방, 여전히 미궁 속에

마법 정부는 아즈카반 요새의 수감자 중에서도 가장 악명 높은 죄수인 시리우스 블랙이 여전히 체포되지 않았음을 확인했다.

코닐리어스 퍼지 마법 정부 총리는 오늘 아침 "블랙을 다시 검거하기 위해 최선을 다하고 있으니 모두 냉정을 유지해 주시기 바랍니다"라고 전했다.

퍼지 총리는 머글 총리에게 이 위기를 알렸다는 이유로 일부 국제 마법사 연맹 회원들에게 비판을 받았다.

"뭐, 그럴 수밖에 없었습니다. 아시잖습니까." 퍼지 총리는 민감하게 반응했다. "블랙은 정신병자입니다. 마법사든 머글이든 마주치는 모든 사람에게 위험합니다. 저는 블랙의 진짜 정체를 한 마디도 누설하지 않겠다는 머글 총리의 확답을 받았습니다. 그리고 이건 인정합시다. 설령 총리가 누설한다 한들 누가 믿겠습니까?"

 디멘터와 싸워 이기려면 패트로누스를 소환하는 방법밖에 없어요. 자세한 내용은 158페이지를 보세요

"**덤**블도어 교수님이 만들어서 이끌고 있어.
단원들은 모두 예전에 '그 사람'과
맞서 싸웠던 사람들이고.'"

헤르미온느 그레인저

알버스 덤블도어
창설자

루베우스 해그리드

찰리 위즐리

프레드 위즐리

조지 위즐리

몰리 위즐리

미네르바 맥고나걸

아서 위즐리

알버스 덤블도어는
1차 마법사 전쟁 중에
볼드모트 경에게 대항하기 위해
불사조 기사단을
창설했다.

빌 위즐리

세베루스 스네이프

님파도라 통스

플뢰르 들라쿠르

리머스 루핀

앨러스터 '매드아이' 무디

킹슬리 샤클볼트

릴리 포터

시리우스 블랙

덤블도어는 불사조 기사단
단원들에게 패트로누스를 이용해
서로 의사소통하는 방법을 가르쳤다.
어떤 마법사도 다른 이의
패트로누스를 불러낼 수 없기 때문에
가짜 메시지가 오갈
위험이 없다.

해리 포터

제임스 포터

론 위즐리

헤르미온느 그레인저

피터 페티그루

불사조 기사단

밴지 펜윅

먼덩거스 플레처

앨리스 롱보텀

다시 소집된
불사조 기사단의
단원들은 나이대가
다양하긴 하지만 모두
성년 마법사다.

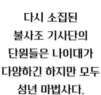
프랭크 롱보텀

아라벨라 피그

베이비언 프루잇

도카스 메도스

에멀린 밴스

알버스 덤블도어는
불사조 기사단의
비밀 수호자다. 그가 직접
말해 주지 않는 이상
기사단 본부의 위치를
알아낼 수 없다.

기디언 프루잇

캐러독 디어본

말린 매키넌

덤블도어는
트라이위저드 대회가 끝나고
한 시간 후에,
불사조 기사단을
소환한다.

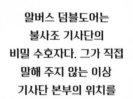
에드거 본즈

스터지스 포드모어

애버포스 덤블도어

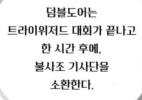
디덜러스 디글

엘파이어스 도지

헤스티아 존스

 불사조 기사단 본부에 관한 자세한 내용은 80페이지를 보세요

7

동물과
인간, 식물

머글들은 볼 수 없는 위험하고 흥미진진하며 대단히 놀라운 자연
세계가 있다. 지금부터 마법사 세계의 다양한 반려동물, 유해 생물,
용, 수생 생물 들을 살펴보자. 약초학과 마법 생명체 돌보기에 관해
공부하고, 다양한 모습과 크기의 신비한 동물들을 세계 어디에서 볼 수
있는지 알아보자. 용기 있는 사람이라면 금지된 숲의 신비로운 그림자
속에 무엇이 숨어 있는지도 들여다보고 싶을 것이다…

마법 반려동물

> **"'긴** 여행이 될 텐데,
> 괜찮겠어?'**"**
>
> **헤드위그**
> ⌒ 주인 ⌒
> 해리 포터

> **"'애**들은 다 올빼미나
> 부엉이를 갖고 싶어 하지.
> 엄청나게 유용하거든.
> 편지도 배달해 주고, 다 해 줘'.**"**
>
> 루비우스 해그리드

해그리드가
아일롭스 부엉이
상점에서 구입해서
준 선물이다

해리는 《마법의 역사》
책에서 본 이름을 따서
'헤드위그'라고
이름 붙였다

← 호그와트에서
하나뿐인 흰올빼미

헤르미온느는 크룩섕스를 다이애건 앨리의
마법 동물원에서 처음 만났다.

← 거미, 쥐, 땅요정,
스니치 쫓아다니는 걸
좋아한다

← 고양이-크니즐의 혼혈.
지능이 매우 높고
애니마구스를 구별해
내는 능력이 있다

노리스 부인
⌒ 주인 ⌒
아거스 필치

↗ 호그와트 복도를
순찰한다

> **"'햇**빛, 데이지, 버터 멜로여,
> 이 멍청하고 뚱뚱한 쥐를 노랗게
> 바꿔 주세요.'**"**
>
> **스캐버스**
> ⌒ 주인 ⌒
> 론 위즐리

← 퍼시한테서
물려받았다

← 흥미로운 능력을
조금이라도
보여 준 적이 없다

크룩섕스
⌒ 주인 ⌒
헤르미온느
그레인저

> **"'똑**똑한 크룩섕스,
> 혼자서 잡은 거야?'**"**

 호그와트에서 허용하는 반려동물은? 19페이지를 보세요

모든 종류의 반려동물을 판매하는 다이애건 앨리의 상점. 그곳에서 해리는 다양한 반려동물들을 보게 되는데……

모든 생물의 고양이들

비단 중산모로 변할 수 있는 뚱뚱한 흰 토끼

등껍질이 보석으로 뒤덮인 파이어 크랩

눈 깜짝할 새에
한 곳에서 다른 곳으로
이동할 수 있다

다른 불사조들과 마찬가지로
점잖고 수줍음이 많다

앨지 작은할아버지가
호그와트 입학 선물로 사 줬다

네빌은 트레버를 걸핏하면
잃어버리는데, 호그와트
급행열차를 처음 탄 날에도
트레버를 잃어버렸다

트레버

~ 주인 ~
네빌
롱보텀

덤블도어는 물론이고,
덤블도어에게
충성하는 사람까지도
보호하려 한다.

프레드와 조지가 위즐리
형제의 위대하고 위험한
장난감 가게에서
팔기 위해 길렀다

**"'야, 돌아와,
트레버!'"**

폭스

~ 통료 ~
알버스
덤블도어

"'불사조는 매혹적인
생명체란다. 엄청나게 무거운 짐도
나를 수 있고 눈물에는 치유의 힘이
깃들어 있는 대단히 **충실한**
반려동물이지.'"**

지니의 피그미 퍼프

아널드

~ 주인 ~
지니
위즐리

지니가 피그위전이라고
이름을 붙였다.
론이 이름을 바꾸려
했지만 이미 늦었다

시리우스가 준 선물.
손바닥 안에 들어갈 정도로
몸집이 작다

사람들의 머리 주변을
휙휙 날아다니면서
날카롭게 부엉부엉
짖는 걸 좋아한다

피그위전

~ 주인 ~
론
위즐리

"'시끄러워, 피그.'"

에롤

~ 주인 ~
위즐리
가족

배달하다가 툭하면
쓰러진다

위즐리 가족과
함께 사는 나이가
엄청 많은 올빼미

퍼시의
가면올빼미

헤르메스

~ 주인 ~
퍼시
위즐리

반장이 된 것을
축하하는 선물로
사 줬다

179

날렵한 검은 쥐들

재미있게 생긴 커스터드 크림색 퍼프스킨 한 바구니

가정 유해 생물

흔한 가정 유해 생물인 경우 해결 방법이 많지만
《길더로이 록하트의 가정 유해 생물 안내서》를 참고)
심각한 상황일 경우 마법 정부 소속 마법 생명체 통제 관리부(유해 동물과)를
불러야 할 수도 있다.

픽시들끼리만
알아들을 수 있는
말로 높고 날카롭게
떠들어 댄다

"오직 프레드와 조지, 해리와 론만이
나무 꼭대기에 얹힌 천사가 실은 정원에서 잡아
온 땅요정이라는 것을 알고 있었다. 크리스마스
저녁 식사에 쓸 당근을 뽑던 프레드의 발목을
물었다가 기절 마법에 맞은 땅요정이었다.**"**

대부분 영국
콘월 지역에서
발견된다

붙잡고 어지러울 때까지
빙빙 돌리다가
정원 울타리 너머로
휙 던져야 한다

속임수와 장난을
엄청 좋아한다

픽시

북유럽과 북아메리카
곳곳의 정원에서 볼 수 있는
흔한 유해 생물

픽시들을 상대할 때
'페스키픽시 페스터노미'
주문을 외워 봤자
소용없다

땅요정
정확한 명칭은
'게르눔블리 가르덴시'

날개는 없지만 날 수 있다.
얼빠진 사람의 귀를 붙잡아
높은 나무 꼭대기나 건물 위에
올려놓는 걸 좋아한다

"녀석들은 잉크병을 낚아채 학생들에게 뿌리고,
책과 종이를 갈가리 찢고, 벽에서 사진을 뜯어내고,
쓰레기통을 뒤집어엎고, 가방과 책을 잡아채
깨진 창문 밖으로 던졌다. 곧 학생들 절반이
책상 아래 몸을 숨겼고, 네빌은 천장에 달린
나뭇가지 모양 촛대에 걸려 흔들거리고 있었다.**"**

저속한 말을 하다가,
몸집이 거대하고 흰
족제비 비슷하게 생긴
자베이에게 쫓기곤 한다

버로의 정원에 사는 땅요정에 관해서는 82페이지를 보세요

독시 살충제를 뿌려 잠시 기절시키는 방법으로 내쫓을 수 있다

독이 있는 이빨이 두 줄로 나 있다

마법사의 집에 들끓는 것으로 알려져 있다

한 번에 알을 500개씩 낳아서 땅에 파묻는다

독시
깨무는 요정이라고도 불린다

더러운 솥 안에 남아 있는 마법약 찌꺼기를 게걸스레 먹어 치운다

크럽, 어거레이 같은 생물들의 털, 깃털 속에 기생한다

지팡이 같은 마법 물건을 공격한다

치즈퍼플

주변에 마법 물건이 없으면 머글 전기를 공격한다. 최근에 나온 머글 전기 제품이 숱하게 고장이 나는데 치즈퍼플이 원인일 수 있다

키는 최대 약 0.1센티미터 정도까지 자란다

마법에 이끌리는 기생충

보가트

어둡고 폐쇄된 곳을 좋아한다. 혼자 있을 때 보가트가 어떤 모습인지는 아무도 모른다

'리디큘러스!' 주문을 외워 우스꽝스러운 모습으로 변하게 할 수 있다. 보가트를 완전히 퇴치하려면 웃음소리를 내야 한다

변신체다. 상대가 제일 무서워하는 대상의 형태로 변할 수 있다

"이제 너희 모두 잠깐 동안 가장 무서워하는 게 뭔지, 어떻게 하면 그걸 우스꽝스러워 보이게 만들지 상상해 보는 게 좋겠다…'**"**

리머스 루핀

181

마룻장 아래나 굽도리널 뒤로 능숙하게 파고 들어가 서식한다

흙을 먹고 산다

세척 마법으로 제거할 수 있다

악취를 풍기는 분비물

번디먼

집에 우글거린다. 독한 분비물로 집의 토대를 썩게 만든다

노르웨이 리지백

웨일스 그린보다
공격적이다 →

← 한 마리당
약 260제곱킬로미터의
영역을 필요로 한다

최대 몸길이가
9미터까지 자란다 ↑

염소, 양을 먹고 살지만
인간도 먹을 수 있다 →

화염의 사정거리가
15미터에 달한다 ↓

헤브리디스 블랙

배가 고프지 않으면
다른 동물을 거의
죽이지 않는다 ↓

← 산보다는 계곡에서
주로 서식한다

오스트레일리아
오팔아이

← 체중은 2-3톤 정도

용

모든 마법 동물 중에서 아마도
가장 유명한 용은, 또한 머글에게서
은폐하기가 가장 어려운
종이기도 하다. **"**

버섯 모양의 불길을
뿜어서 '파이어볼'이라는
이름이 붙었다 ↓

중국
파이어볼

스웨덴 쇼트
스나우트

불길을 뿜어 목재와
뼈를 몇 초만에 재로
만들 수 있다 ↓

사자 용이라고도
알려져 있다

체중은 2
정도 →

사람이 살지 않는 거친
산악 지대에서 사는 걸
좋아한다 ↑

공격적이긴 하지만,
다른 종의 용들을 대할
때보다 자신과 같은 종의
용을 대할 때 너그러운
편이다 →

헝가리 혼테일

뿔로 먹잇감을
들이받은 뒤
불로 굽는다

아마도 제일
사납고 위험한
종일 것이다

안전을 위해
알아 둘 점:

이 용들을 비율에 맞게 축소해서
그리지는 않았음

개체수 보호를
위한 집중적인
인공 번식
프로그램의
대상이다

루마니아 롱혼

음악적인 울음소리
때문에 다른 용과 쉽게
구별된다

웨일스
그린

제일 몸집이 작은 종.
몸길이가 약 5미터에
불과하다

183

염소와 소를 주로 먹지만
인간도 무척 좋아한다

페루
바이퍼투스

웨일스의 높은
산꼭대기에서 산다

용들 중에
비행 속도가
제일 빠르다

내려앉기만 해도
집을 무너뜨릴 수 있어서
대단히 위험하다

몇몇 종보다 비행 속도가
느리다

수생 생물을 포함해
대부분의 대형 포유류를
공격한다

새끼 용은 다른 종에 비해
일찍(1-3개월 사이)
불을 뿜을 수 있다

우크라이나
아이언벨리

용 중에서 제일 큰 종.
체중이 최대
6톤까지 나간다

노르웨이 리지백

파이어 크랩

발생지: 피지

공격을 받으면 궁둥이에서 불을 발사한다

유럽의 바위투성이 해안에서 볼 수 있다

"'**인**어 족장 머쿠스가 호수 밑바닥에서 무슨 일이 벌어졌는지 정확히 이야기해 주었고, 따라서 우리는 다음과 같이 각 대표 선수들에게 50점 만점 중 해당하는 점수를 주기로 했습니다…'"

루도 배그먼

인어

사이렌, 셀키, 메로우로도 알려져 있다

세계 곳곳에서 고도로 조직화된 공동체를 이루며 살고 있다

마법사와 머글 모두에게 공격적이다. 인어에게 가축처럼 길들여졌다

인어에 대한 가장 오래된 기록은 (그리스의) 사이렌이다

맥클리드 말라클로우

맥클리드 말라클로우에게 물린 사람은 일주일 동안 엄청난 불운을 겪게 된다

주로 갑각류를 먹고 사는데, 머틀랩을 밟는 멍청한 사람의 발도 먹는다

그린딜로

수중 괴물

손가락이 매우 길고 움켜쥐는 힘이 강력하다

머틀랩

영국 해안에서 볼 수 있다

대왕오징어

인어들은 플림피를 성가시게 생각해서, 보기만 하면 플림피의 다리를 묶어 버린다. 다리가 묶인 플림피는 물살을 따라 멀리 떠내려갔다가 묶인 다리를 풀고 나서야 호수로 돌아온다

라모라

강력한 마법의 힘을 갖고 있다. 배를 정박시키고 선원들을 수호한다

인도양에서 볼 수 있다

척추의 가시로 그물을 찢는다

주로 대서양에서 볼 수 있다

플림피

수영하는 사람들의 발을 깨물거나 옷을 갉아 먹는다

호수 밑바닥에 있는 먹이를 먹고 사는데, 물달팽이를 제일 좋아한다

쉬레이크

1800년대에 항해 중인 마법사들을 모욕한 머글 어부들에게 복수하기 위해 만들어졌다

수생 생물들

대서양, 태평양, 지중해에서 주로 볼 수 있다 →

힘이 세고 우둔하다

야생 동물부터 인간에 이르기까지 다양한 먹이를 먹는다

스칸디나비아, 영국, 아일랜드, 북유럽에서 볼 수 있다 →

바다뱀

강트롤

체중이 1톤 이상이다 →

과민 반응한 머글이 떠들어 댄 얘기와 달리, 바다뱀은 사람을 죽인 적이 없다

속임수에 넘어가 고개 숙여 절을 하면 머리에 담겨 있던 물이 쏟아지면서 힘을 모두 잃는다

갓파
일본의 수중 괴물

그리스에 기원을 두고 있으며, 지중해에서 주로 볼 수 있다

185

히포캠퍼스

인간의 피를 먹고 살지만, 이름을 새겨 넣은 오이를 던져 주면 그 사람을 해치지 않을 수도 있다

큼직하고 반투명한 알을 낳는데, 그 안에서 새끼인 태드폴이 자란다

세계에서 제일 큰 켈피는 스코틀랜드의 네스 호에서 발견됐다

다양한 형상으로 모습을 바꿀 수 있는데, 부들 풀을 갈기처럼 달고 있는 말의 형상일 때가 많다

로바러그

인어들은 로바러그를 무기로 사용한다 →

북해의 해저에서 산다

방심한 사람을 홀려 등에 태우고 강이나 호수 바닥으로 곧장 내려간다

위험해지면 상대에게 독을 발사한다

켈피
영국과 아일랜드의 수중 괴물

← 유명한 켈피에 관해서는 39페이지를 보세요

마법 생명체 돌보기

> **" 해**그리드가 오두막 문 앞에서 학생들을 기다리고 있었다. 두더지 가죽 외투를 입고 서 있는 그는 당장에라도 수업을 시작하고 싶어 좀이 쑤신다는 표정을 짓고 있었다. 그의 바로 뒤에 멧돼지 사냥개 팽이 있었다. **"**

괴물들에 관한 괴물책을 열려면 책등을 쓰다듬어야 한다

히포그리프를 다루는 방법

히포그리프에게 다가가 눈을 마주 본다. 이때 눈을 깜빡이지 말아야 한다.

허리를 살짝 숙여 절을 하고, 히포그리프가 절을 할 때까지 기다린다.

이제 히포그리프를 쓰다듬어도 된다.

날개 관절 바로 아래로 올라가 앉는다. 깃털을 뽑지 않도록 주의하자.

꽉 잡아라

좋아하는 먹이

히포그리프: 곤충, 새, 족제비 같은 작은 포유동물

보우트러클: 쥐며느리, 곤충, 구할 수만 있다면 요정의 알도 먹는다

플로버웜: 상추. 하지만 너무 많이 주지는 말 것

샐러맨더: 불. 후추를 먹으면 불 밖에서도 6시간까지 살 수 있다

세스트럴: 날고기. 피 냄새를 좋아한다

날개 달린 말 아브락산: 싱글 몰트 위스키

폭발 꼬리 스크루트: 정확히 알 수 없다. 개미 알, 개구리 간, 풀뱀, 용의 간 혹은 샐러맨더 알을 먹여 보자

폭발 꼬리 스크루트 과제

목적: 폭발 꼬리 스크루트를 새끼 때부터 성체로 키워 보자. 학생들은 폭발 꼬리 스크루트에게 먹이를 주고, 산책을 시키고, 동면을 하게 해야 한다

어려운 점: 스크루트들은 학생들은 물론이고 자기네끼리도 계속 공격한다

스크루트의 기원: 해그리드는 말해 주지 않을 것이다

마법적 특성: 알려져 있지 않음

방어기제: 꼬리가 폭발. 상대를 찌르고 피를 빨아먹는다

크기: 갓 부화했을 때 15센티미터. 성체는 3미터

스크루트 키우기

9월: 방금 부화한 새끼 수백 마리로 시작

11월: 20마리로 줄어듦

12월: 10마리로 줄어듦

봄: 겨우 2마리 남음…

> "**엄**청 커지고 있어. 이제는 거의 1미터쯤 될 거야.
> 한 가지 문제는, 서로를 죽이기 시작했다는 거지.'"
> 해그리드 교수

마법 정부는 모든 동물, 인간, 영혼을 5개 등급으로 나눈다

해그리드는 좋아함

XXXXX 마법사를 죽이는 것으로 알려져 있음. 훈련시키거나 길들이기가 불가능함

XXXX 위험. 전문가적 지식이 필요. 숙련된 마법사라면 다룰 수 있음

XXX 유능한 마법사만이 다룰 수 있음

XX 무해함. 길들일 수도 있음

X 시시함

유니콘

> "**유**니콘들은 여자의 손길을 좋아한단다.
> 여학생들이 앞에 서도록. 조심스럽게
> 다가오렴. 자, 살살….'"
> 그러블리플랭크 교수

유니콘을 잡는 건 쉬운 일이 아니다! 그래도 숲을 살펴보자…

유니콘의 뿔과 털, 피에는 다양한 마법적 특징이 담겨 있다. 갓 태어난 새끼는 황금색이다가 2년이 지나면 은색으로 바뀌고 7년 후에는 순백색이 된다.

해그리드의 반려동물들

불태우고 침을 쏘고 깨물기까지 하는
반려동물을 누가 안 갖고 싶어 하겠어?

복슬이
머리가 세 개 달린 거대한 개

" '그래, 복슬이는 내가
기르는 개야. 작년에 술집에서
만난 그리스 녀석한테 샀지.
뭘 좀 지켜야 한다길래 덤블도어
교수님께 빌려 드렸는데….'
'그래요?' 해리가 기대에 차서 물었다.
'자, 더 이상은 묻지 마라.'
해그리드가 퉁명스럽게 말했다.
'이건 극비 사항이야.
비밀이라고.' **"**

사나운 지킴이 →

" **개**의 으르렁거림이 천천히
멈췄다. 개는 비틀거리다가
무릎을 꿇었고 다음 순간
바닥에 털썩 쓰러져 순식간에
잠들어 버렸다. **"**

↑
음악 소리를 들으면 쉽게 잠듦

해그리드는 호그스 헤드에서 정체를 알 수 없는
← 낯선 사람과 카드놀이를 했고 그에게 용의 알을
얻었음. 그 알에서 부화한 게 노버트임

" **녀**석이 날 무니까 내가 겁줘서
그런 거라고 나한테 뭐라 하더라니까.
내가 오두막을 나설 때는
자장가까지 불러 주고 있었어.' **"**

론 위즐리

노버트
노르웨이 리지백 용

곰인형을
갖고 있음 ↘

" **착**하기도 하지. 봐,
이 녀석이 엄마를 알아보네!' **"**

루비우스 해그리드

30분마다 닭 피를 섞은 브랜디를
← 한 양동이씩 먹였음. 일주일 만에
몸길이가 세 배 커짐

↑
찰리 위즐리의 친구들이 루마니아로 데려감

벅빅
히포그리프
위더윙스라고도 불림

큰 접시에 담긴
족제비들을 즐겨 먹음

해그리드가 마법 생명체
돌보기 첫 수업 때
아이들에게 보여 줌

❝자, 히포그리프에 대해 가장
먼저 알아야 할 건, 녀석들이
자존심이 세다는 거야.'
해그리드가 말했다.
'히포그리프들은 쉽게 불쾌감을
느낀다. 절대 녀석들을 모욕해선
안 돼. 생전에 마지막으로 하는 짓이
그 모욕이 될지도 모르니.'**❞**

❝히포그리프가 공중으로 날아올랐다…
해리가 가만히 바라보는 동안 히포그리프와
시리우스의 모습이 점점 작아졌다…. 구름 한 점이
달을 지나갔다…. 이윽고 그들은 사라졌다.**❞**

침을 많이
흘림

해그리드가 호그와트 마법학교의
벽장에 숨겨 두고 알에서 부화시킴

약간
소심

아라고그
애크로맨툴라

❝내가 알 속에 있었을 때
어떤 여행자가 나를 해그리드한테
줬어. 해그리드는 어린아이였지만
날 성안 벽장에 숨겨 놓고 식탁에
떨어진 음식 부스러기를 가져와
먹이면서 돌봐 주었다. 해그리드는
좋은 친구이자 좋은 인간이다.'**❞**
아라고그

팽
몸집 큰 사냥개

해그리드와 함께
있는 모습이 자주
목격됨. 무척
살가운 성격

아내 모새그, 가족들과 함께
금지된 숲에서 살고 있음

> **"누**구든 뭔가를 찾아내고 싶다면
> 거미를 따라가면 됩니다. 거미들이 옳은 길로
> 인도해 줄 거예요! 내가 하고 싶은 말은
> 그것뿐입니다.'**"**
>
> 루비우스 해그리드

금지된 숲

1
켄타우로스
피렌지, 로넌, 베인, 마고리언
(왼쪽부터 오른쪽으로)

2
니플러

3
보우트러클

4
유니콘
성체와 망아지

5
거인
그롭

6
세스트럴

7
애크로맨툴라
아라고그, 모새그

금지된 숲에는 오크나무, 너도밤나무,
소나무 등이 있다. 이 숲을 돌아다니다
보면 딱총나무, 호랑가시나무, 포도나무,
버드나무를 찾을 수도 있을 것이다.

이 숲에서 늑대인간, 심지어 죽음의 개 같은
다른 생명체들이 목격됐다는 소문이 있다...

약 초 학

펄짝펄짝 뛰는 독버섯

> ❝온실 가까이 다가가니 다른 학생들이 바깥에 서서 스프라우트 교수를 기다리고 있었다.❞

> ❝'독손가락, 악마의 덫. 올가미 나무 꼬투리…
> 그래, 죽음을 먹는 자들이 그것들과 어떻게 싸울지 보고 싶네.'❞
>
> 스프라우트 교수

§ 196

ꙮ 펑펑 꼬투리 ꙮ
바닥에 떨어지자마자 콩에서 꽃이 핀다

독손가락
독손가락의 딸깍거리는 씨앗은 C급 거래 금지 물품

펄럭 초
무해한 식물. 악마의 덫과 혼동하지 말 것

네빌 롱보텀의 소유

지중해의 마법 수생식물과 그 특성

밈뷸러스 밈블토니아
쿡 찌르면 지독한 냄새가 나는 걸쭉한 액체를 뿜는다

올가미나무
육식 나무

가만히 있을 때는 무해한 나무토막처럼 보인다

누가 꼬투리를 떼어 내려고 하면 덩굴이 뻗어 나와 공격한다

꼬투리가 단단해서 날카로운 것으로 구멍을 내야 한다

신선할 때 즙을 짜는 게 제일 좋다

← 수생 식물인 아가미풀에 관해서는 74페이지를 보세요

맨드레이크의 생애

맨드레이크
(맨드라고라'로도 알려져 있음)
변환 마법이나 저주에 걸린 사람들을
원래 상태로 되돌리는 데 사용되는
강력한 회복제

6개월
변덕스럽고 비밀이
많아진다

묘목
어린 맨드레이크의
울음소리를 들으면 몇 시간
동안 기절할 수 있다

맨드레이크 액
맨드레이크는 대부분의
해독제에 반드시 들어가야
하는 성분이다

청소년기
조심: 시골벅적한
파티를 여는 걸 좋아한다

잘라서 뭉근히 끓이기
맨드레이크 즙을
모은다

9개월
서로의 화분으로
옮겨 가기 시작한다

성체
완전히 자란 맨드레이크의
울음소리를 들으면
죽을 수도 있다

주의 주의

주의 주의

**파닥파닥
덤불**
움직이면서
잎사귀를 파르르 떤다

멍울초
멍울초 고름은 여드름 특효약이다

경고
희석하지 않은 멍울초 고름에
닿으면 살이 부어오를 수 있다

악마의 덫

유독식물
유혹할 수 있다

어둡고 축축한 환경에서 잘 자란다.
가까이 다가오는 오는 게 무엇이든
덩굴손으로 확 감아 버린다

아시아

날개 달린 말

파이어볼

불사조

오캐미

데미가이즈

갓파

라모라

"어두컴컴한 정글에서
눈부시게 밝은 사막까지,
까마득한 산꼭대기에서
끝없이 빠지는 늪까지…"

신비한

숨겨 있는

호닥

자버놀

웜퍼스 캣

스낼리개스터

오세아니아

페루
바이퍼투스

더그보그

빌리위그

파이어 크랩

쉬레이크

오스트레일리아
오팔아이

바다뱀

아메리카

부록

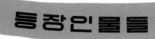

등장인물들

등장한 순서대로지만 아닐 수도 있음*

*불만이 있으면 마법 정부 담당자인 덜로리스 엄브리지에게 항의하세요

해리 포터와 마법사의 돌

버넌 더즐리 • 피튜니아 더즐리 • 더들리 더즐리
• 미네르바 맥고나걸 교수 • 디덜러스 디글 •
알버스 덤블도어 교수 • 루비우스 해그리드 • 해리 포터
• 피어스 폴키스 • 브라질 보아뱀 • 아라벨라 피그 • 톰 •
도리스 크록퍼드 • 퀴리누스 퀴럴 교수 • 그립훅
• 말킨 부인 • 드레이코 말포이 • 헤드위그 • 개릭 올리밴더 •
몰리 위즐리 • 퍼시 위즐리 • 프레드 위즐리 • 조지 위즐리
• 론 위즐리 • 헤르메스 • 지니 위즐리 • 네빌 롱보텀 •
오거스타 롱보텀 • 리 조던 • 스캐버스 • 간식 수레 마법사
• 헤르미온느 그레인저 • 빈센트 크래브 • 그레고리 고일 • 트레버 •
뚱보 수도사 • 목이 달랑달랑한 닉(니컬러스 드 밈시포핑턴 경)
• 셰이머스 피니건 • 기숙사 배정 모자 • 해너 애벗 • 수전 본즈 •
테리 부트 • 맨디 브로클허스트 • 라벤더 브라운 • 밀리선트 불스트로드
• 저스틴 핀치플레츨리 • 모랙 맥두걸 • 문 • 시어도어 노트 •
팬지 파킨슨 • 파드마 파틸 • 파르바티 파틸 • 샐리앤 펄스
• 리사 터핀 • 블레이즈 자비니 • 피투성이 남작 • 세베루스 스네이프 교수 •
피브스 • 뚱뚱한 귀부인 • 아거스 필치 • 노리스 부인 • 포모나 스프라우트 교수
• 커스버트 빈스 교수 • 필리우스 플리트윅 교수 • 팽 •
롤랜다 후치 선생 • 올리버 우드 • 딘 토머스 • 복슬이
• 앤젤리나 존슨 • 마커스 플린트 • 얼리샤 스피넷 • 케이티 벨 •
에이드리언 퓨시 • 마일스 블레츨리 • 테런스 힉스 • 이르마 핀스 선생
• 릴리 포터 • 제임스 포터 • 노버트 • 포피 폼프리 선생 • 로넌 •
베인 • 피렌지 • 대왕오징어 • 볼드모트 경

우리는 미네르바 맥고나걸을 마법사의 모습이 아니라 그녀의 애니마구스 형태인 얼룩 고양이의 모습으로 먼저 만난다.

니콜라 플라멜은 해리 포터가 호그와트 마법학교 1학년생일 때 중요한 역할을 하지만 학교에 실제로 등장진히 않는다.

해리 포터와 비밀의 방

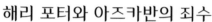

도비 • 메이슨 씨 • 메이슨 부인 • 아서 위즐리 • 에롤 • 루시우스 말포이
• 보긴 씨 • 그레인저 씨 • 그레인저 부인 • 길더로이 록하트 교수 •
콜린 크리비 • 울보 머틀(머틀 워런) • 통곡하는 과부
• 패트릭 딜레이니 포드모어 경 • 어니 맥밀런 • 포셋 양 •
오로라 시니스트라 교수 • 폭스 • 페넬러피 클리어워터
• 아만도 디핏 교수 • 톰 리들 • 아라고그 •
코닐리어스 퍼지 • 바실리스크

해리 포터와 아즈카반의 죄수

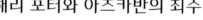

마저리 더즐리 • 리퍼 • 시리우스 블랙 • 스탠 션파이크
• 어니 프랭 • 마시 부인 • 플로리언 포테스큐 • 크룩섕스 •
리머스 루핀 교수 • 캐도건 경 • 시빌 트릴로니 교수
• 벅빅 • 세드릭 디고리 • 암브로시우스 플룸 • 로즈메르타 씨 •
데릭 • 초 챙 • 로저 데이비스 • 워링턴 • 몬태규
• 데릭 • 볼 • 월든 맥네어 • 피터 페티그루 • 피그위전

해리는 나이트 버스에
타기 직전에 시리우스
블랙을 처음 보게 되는데,
그때 시리우스 블랙을
죽음의 개라고 오해한다.

벅빅의
사형 집행인
월든 맥네어는
나중에 죽음을 먹는 자로
다시 등장한다.

해리 포터와 불의 잔

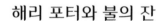

리들 씨 • 리들 부인 • 톰 리들 1세 • 닷 • 프랭크 브라이스 • 내기니
• 빌 위즐리 • 찰리 위즐리 • 에이머스 디고리 • 바질 • 로버츠 씨 •
케빈 • 피니건 부인 • 아치 • 커스버트 모크리지 • 길버트 윔플
• 아널드 피즈굿 • 브로더릭 보드 • 크로커 • 루도 배그먼 •
바티 크라우치 1세 • 윙키 • 불가리아 마법 정부 총리
• 나르시사 말포이 • 디미트로브 • 이바노바 • 조그라프 • 레브스키 • 불차노브 •
볼코브 • 빅토르 크룸 • 코널리 • 배리 라이언 • 트로이 • 멀릿 • 모런
• 퀴글리 • 에이든 린치 • 하산 무스타파 • 로버츠 부인 • 데니스 크리비
스튜어트 애컬리 • 맬컴 배덕 • 엘리너 브랜스톤
• 오언 콜드웰 • 에마 돕스 • 로라 매들리 • 내털리 맥도널드 •
그레이엄 프리처드 • 올라 쿼크 • 케빈 휘트비
• 앨러스터 '매드아이' 무디 교수 • 올랭프 막심 교장 •
이고르 카르카로프 교수 • 플뢰르 들라쿠르 • 폴리아코프 • 바이올렛
• 리타 스키터 • 운명의 세 여신 • 스테빈스 •
빌헬미나 그러블리플랭크 교수 • 가브리엘 들라쿠르
• 인어 족장 머쿠스 • 크라우치 부인 • 바티 크라우치 2세 •
버사 조킨스 • 디고리 부인 • 아폴린 들라쿠르
• 에이버리 • 크래브 씨 • 고일 씨 • 노트 씨

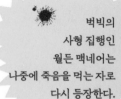

죽음을 먹는
자들은 그림자 같은
모습이라고 알려져 있다.
그들은 두건으로
얼굴을 가리고 다녀서
정체를 파악하기
어렵다.

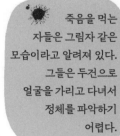

몇몇 마법사들은 해리 포터 이야기에서 중요한 역할을 하지만 사진에서만 등장하기도 한다.

해리 포터와 불사조 기사단

맬컴 • 고든 • 먼덩거스 플레처 • 님파도라 통스
• 킹슬리 샤클볼트 • 엘파이어스 도지 • 에멀린 밴스 •
스터지스 포드모어 • 헤스티아 존스 • 블랙 부인 • 크리처 • 에릭
• 밥 • 퍼킨스 • 어밀리아 본즈 • 덜로리스 엄브리지 • 루나 러브굿 •
유언 애버크롬비 • 로즈 젤러 • 애버포스 덤블도어
• 매리에타 에지콤 • 앤서니 골드스틴 • 마이클 코너 •
재커라이어스 스미스 • 에버라드 교수 • 딜리스 더웬트 교수
• 피니어스 나이젤러스 블랙 교수 • 덱스터 포테스큐 교수 •
프랭크 롱보텀 • 앨리스 롱보텀 • 셉티마 벡터 교수
• 푸디풋 부인 • 오거스터스 룩우드 • 돌리시 • 브래들리 • 그롭 •
마고리언 • 그리젤다 마치뱅스 교수 • 대프니 그린그래스
• 토프티 교수 • 벨라트릭스 레스트레인지 • 안토닌 돌로호프 • 윌리엄슨

어둠의 마법 전문 상점 보긴 앤 버크의 주인들 중 하나인 커랙티커스 버크는 덤블도어의 펜시브에서만 등장한다.

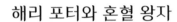

해리 포터와 혼혈 왕자

영국 총리 • 울릭 갬프 • 루퍼스 스크림저
• 호러스 슬러그혼 교수 • 베리티 • 아널드 • 로밀다 베인 •
코맥 매클래건 • 마커스 벨비 • 잭 슬로퍼 • 밥 오그던 • 모핀 곤트
• 마볼로 곤트 • 메로페 곤트 • 시실리어 • 드멜자 로빈스 •
지미 피크스 • 리치 쿠트 • 리앤 • 커랙티커스 버크 • 콜 선생
• 어커트 • 하퍼 • 엘드리드 워플 • 상귀니 • 윌키 트와이크로스 •
캐드월래더 • 헵시바 스미스 • 호키 • 아미쿠스 캐로
• 알렉토 캐로 • 펜리르 그레이백

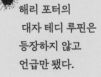

해리 포터의 대자 테디 루핀은 등장하지 않고 언급만 됐다.

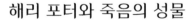

해리 포터와 죽음의 성물

약슬리 • 채러티 버비지 교수 • 셀윈 • 테드 통스
• 안드로메다 통스 • 들라쿠르 씨 • 제노필리우스 러브굿 •
뮤리엘 고모할머니 • 소르핀 롤 • 마팔다 홉커크 • 레지널드 캐터몰
• 앨버트 런콘 • 파이어스 시크니스 • 와칸다 • 메리 캐터몰 •
그레고로비치 • 겔러트 그린델왈드 • 바틸다 백숏 • 스캐비어
• 트래버스 • 마리우스 • 보그로드 • 아리아나 덤블도어
회색 숙녀(헬레나 래번클로) • 릴리 포터 • 알버스 포터
• 제임스 포터 • 로즈 위즐리 • 휴고 위즐리 • 스코피어스 말포이

애버포스 덤블도어는 《해리 포터와 불사조 기사단》의 '호그스 헤드' 에서 처음 등장한다. 하지만 해리는 《해리 포터와 죽음의 성물》 에 가서야 그가 누구인지 알게 된다.

역대 마법 정부 총리

1707–1718 율릭 갬프
마법 사법부 창설

1718–1726 대모클리스 롤

1726–1733 페르세우스 파킨슨

1733–1747 엘드리치 디고리
오러 채용 프로그램 창설

1747–1752 앨버트 부트

1752–1752 바질 플랙
역대 최단기 총리

1752–1770 히피스터스 고어

1770–1781 맥시밀리언 크라우디

1781–1789 포티어스 내치불

1789–1798 엉추어스 오스버트

1798–1811 아터미지아 러프킨
국제 마법 협력부 창설

1811–1819 그로건 스텀프
마법 스포츠부 창설

1819–1827 조지파이나 플린트

1827–1835 오털라인 갬볼

1835–1841 래돌퍼스 레스트레인지
미스터리부의 권한 및 규모
축소를 시도했지만 실패

1841–1849 호텐시아 밀리펏

1849–1855 이밴절린 오핑턴

1855–1858 프리실라 듀폰트

1858–1865 더걸드 맥파일

1865–1903 '분수 구멍' 패리스 스패빈
최장기 집권 총리

1903–1912 비너지아 크리컬리

1912–1923 아처 에버몬드

1923–1925 로컨 맥러드

1925–1939 헥터 폴리

1939–1948 리어나드 스펜서문

1948–1959 윌헬미나 터프트

1959–1962 이그네이셔스 터프트

1962–1968 노비 리치

1968–1975 유지니아 젠킨스

1975–1980 헤럴드 민첨

1980–1990 밀리선트 배그놀드

1990–1996 코닐리어스 퍼지

1996–1997 루퍼스 스크림저

1997–1998 파이어스 시크니스

1998–현재 킹슬리 샤클볼트

노래의 가사
'위즐리는 우리의 왕'

"**위**즐리는 하나도 못 잡아.
골대 하나도 못 막아.
그래서 슬리데린은 모두 노래하지.
위즐리는 우리의 왕.

쓰레기통에서 태어난 위즐리는
항상 쿼플을 허용하지.
위즐리가 있으니 우리가 반드시 이길 거야.
위즐리는 우리의 왕.

위즐리는 우리의 왕.
위즐리는 우리의 왕.
항상 쿼플을 허용하는
위즐리는 우리의 왕.

위즐리는 하나도 못 잡아.
골대 하나도 못 막아…

위즐리는 우리의 왕.
위즐리는 우리의 왕.
쿼플을 허용하지 않은
위즐리는 우리의 왕…

위즐리는 모든 걸 잡아.
골대 하나 안 남겨 놔.
그래서 그리핀도르는 모두 노래하지.
위즐리는 우리의 왕.

위즐리는 우리의 왕.
위즐리는 우리의 왕.
쿼플을 허용하지 않은
위즐리는 우리의 왕…"

해리의 첫 개구리 초콜릿 카드

알버스 덤블도어,
모가나, 우드크로프트의 헹기스트,
알버릭 그런니언, 키르케, 파라켈수스,
멀린, 클리오드나

중요한 색깔

초록색

- 해리의 눈동자는 초록색이다
- 해리는 볼드모트가 그를 죽이려고 했을 때 본 초록색 빛을 기억한다
- 슬리데린의 상징색은 초록색과 은색이다. 슬리데린 기숙사는 호수 아래에 있어 초록빛으로 물들어 있다
- 호그와트 마법학교에서 보내는 편지는 초록색 잉크로 적는다
- 도둑 지도에 나타나는 글씨는 초록색이다
- 맥고나걸 교수는 에메랄드색 망토를 입는다
- 덤블도어는 무수한 별과 달 무늬가 수놓인 초록색 로브를 갖고 있다
- 해리의 정장 로브는 진녹색이다
- 위즐리 부인은 손수 뜬 에메랄드색 스웨터를 해리에게 준다
- 그린고츠 마법사 은행에 있는 해리의 금고를 열자 초록색 연기가 흘러나온다
- 벽난로 안에 플루 가루를 던져 넣으면 에메랄드색 불이 확 타오른다
- 하늘 높은 곳에서 터진 초록색 불꽃은, 이제 안전하니 해리와 호위대는 빗자루를 타고 프리빗가를 떠나도 된다는 신호다
- 그리몰드가 12번지의 거실 벽은 올리브색이고 벨벳 커튼은 이끼색이다
- 살해 저주 '아바다 케다브라'를 쓸 때 나오는 번뜩이는 빛은 초록색이다
- 케이티 벨에게 저주를 건 오팔 목걸이가 담긴 포장지가 뜯겨 있고 그 사이로 초록빛이 보인다
- 덤블도어와 해리를 태워 검은 호수를 가로질러 간 배도, 그 배를 호수 밖으로 끌려 나오게 한 사슬도 초록빛을 발한다. 호수 한가운데에서 뿜어 나오는 부연 초록빛은 섬의 돌 대야에서 비롯된 것인데 그 대야에는 로켓이 들어 있고 에메랄드색 액체가 가득 담겨 있다

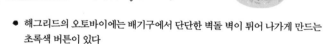

- 해그리드의 오토바이에는 배기구에서 단단한 벽돌 벽이 튀어 나가게 만드는 초록색 버튼이 있다
- 달걀만 한 크기의 슬리데린 로켓에는 조그만 녹색 돌들로 화려하게 만든 'S' 자가 들어 있다

- 리타 스키터가 바틸다 백숏에게 쓴 쪽지는 형광 초록색의 삐죽삐죽한 글씨체로 적혀 있다

보라색

- 덤블도어는 보라색 망토를 입는다. 개강 연회 때는 은빛 별이 흩뿌려진 자주색 로브를 입는다
- 퀴럴 교수의 터번은 보라색이다
- 코닐리어스 퍼지는 자주색 부츠를 신는다
- 나이트 버스는 보라색이다

- 덤블도어는 호그와트 학생들을 위해 지팡이를 휘둘러 보라색 침낭들을 만들어 낸다
- 호그와트에서 보낸 편지 봉투는 보라색 밀랍으로 봉인되어 있다
- 속 뒤집어지는 사탕의 오렌지색 반쪽을 먹으면 토하게 되지만, 그 후 나머지 보라색 반쪽을 먹으면 완벽히 멀쩡한 상태로 돌아온다
- 그리몰드가에 있던 낡은 자주색 로브가 론의 목을 조른다

- 위즐리 부인은 자주색 누비 가운을 입는다
- 연보라색 쪽지들이 부서를 오가며 마법 정부 건물 안 여기저기를 날아다닌다
- 위즌가모트 위원들은 왼쪽 가슴에 'W' 자가 정교하게 수놓인 짙은 보라색 로브를 입는다
- 마법 정부는 어둠의 힘 방어에 관한 자주색 전단지를 발행한다
- 다이애건 앨리에 있는 상점의 반짝이는 진열창에 마법 정부가 발행한 보안 관련 자주색 포스터가 붙어 있다
- 슬러그혼 교수는 보라색 리본으로 묶인 양피지 두루마리 초대장을 해리와 네빌에게 보낸다

- 아서 위즐리가 해그리드의 날아다니는 오토바이에 설치해 준 자주색 버튼을 누르면 배기구에서 용의 불길이 터져 나온다
- 위즐리네 가족은 집에 사는 굴이 알알이 곰팡이에 걸린 것처럼 보이도록 마법을 걸고, 굴은 보라색 물집으로 뒤덮인 모습이 된다
- 해리의 열일곱 살 생일 축하 만찬을 위해 헤르미온느는 지팡이로 금색과 자주색 테이프를 튀어나오게 해서 나무와 덤불에 걸어 장식한다

- 위즐리 부인은 새로 장만한 자수정 빛깔 로브에 같은 색깔의 모자를 쓰고 빌과 플뢰르의 결혼식에 참석한다
- 헤르미온느는 하늘하늘한 연보라색 드레스를 입고 같은 색깔 하이힐을 신는다
- 결혼식용 천막 안에 자주색 카펫이 깔려 있다
- 마법 정부 1층 복도에는 자주색 카펫이 깔려 있다

- 제노필리우스 러브굿이 만든 거디루트 우린 물은 비트즙처럼 진한 자주색이다
- 말포이네 집 거실 벽은 진한 보라색이다
- 루나는 딘에게 하마의 귀와 약간 비슷하게 생긴 아주 작은 귀가 달린 생물에 관해 이야기한다. 그 생물은 자주색이고 털이 많은데, 그 생물을 부르고 싶으면 콧노래를 불러야 한다. 그 생물은 너무 빠르지 않은 왈츠를 좋아한다

마법사 세계의 가격표

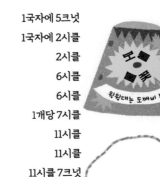

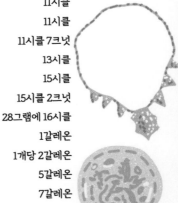

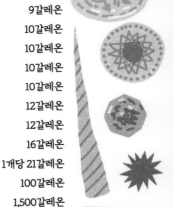

약재상에서 파는, 딱정벌레의 반짝이는 까만 눈알	1국자에 5크넛
플루 가루	1국자에 2시클
집요정 복지 증진 협회(S.P.E.W.)의 입회비 및 배지	2시클
호그스 헤드에서 파는 버터맥주 3잔	6시클
먼덩거스 플레처가 파는 크날 가시	6시클
위즐리 형제의 위대하고 위험한 장난감 가게에서 파는 카나리아 크림	1개당 7시클
매그놀리아 거리에서 런던까지 가는 나이트 버스 요금	11시클
그리몰드가 12번지에서 호그와트까지 가는 나이트 버스 요금	11시클
호그와트 급행열차의 간식 수레에서 파는 모든 상품 조금씩	11시클 7크넛
코코아를 마시면서 매그놀리아 거리에서 런던까지 가는 나이트 버스 요금	13시클
뜨거운 물이 담긴 물병과 원하는 색깔의 칫솔을 받고 타는 나이트 버스 요금	15시클
스크리븐샤프트의 깃펜 가게에서 파는 검은색과 금색으로 된 깃펜	15시클 2크넛
약재상에서 파는 용의 간	28그램에 16시클
푸디풋 부인의 찻집에서 파는 커피 2잔	1갈레온
위즐리 형제의 위대하고 위험한 장난감 가게에서 파는 머리가 없어지는 모자	1개당 2갈레온
위즐리의 윙윙대는 도깨비불의 보통 불꽃 박스	5갈레온
올리밴더의 지팡이 가게에서 산 해리의 지팡이	7갈레온
플러리시 앤 블러츠 서점에서 파는 《고급 마법약 제조》 한 권	9갈레온
먼덩거스 플레처가 파는 독손가락 씨앗(프레드와 조지 위즐리가 꾀병 과자 세트 제작을 위해 구매)	10갈레온
월드컵 경기장에서 파는 옴니오큘러스	10갈레온
변신 메달	10갈레온
살라자르 슬리데린의 로켓(커랙티커스 버크가 메로페 곤트한테서 구매)	10갈레온
마법 정부 순간이동 강사에게 12주 동안 배우는 순간이동 수업비	12갈레온
바루피오의 뇌 활성 묘약 0.5리터(에디 카마이클이 판매)	12갈레온
보긴 앤 버크에서 파는 해골	16갈레온
은색 유니콘 뿔	1개당 21갈레온
애크로맨툴라의 독 0.5리터(호러스 슬러그혼이 어림으로 계산)	100갈레온
보긴 앤 버크에서 파는 저주 걸린 목걸이	1,500갈레온
시리우스 블랙에게 걸린 현상금	10,000갈레온
아주 많은 정보	갈레온 금화가 두둑하게 담긴 자루
해리 포터에게 걸린 현상금	10,000갈레온
해리 포터와 그의 지팡이(펜리르 그레이백의 말에 따르면)	200,000갈레온
고드릭 그리핀도르의 검	상당한 재산

부엉이 우편

특별 배달

1학년

- 해그리드는 주머니에서 털이 부스스한 부엉이 한 마리를 꺼낸 후, 해리를 찾았다고 알리기 위해 덤블도어에게 편지를 쓴다
- 바위 위의 오두막에 있는 해그리드에게 《예언자일보》를 배달한 부엉이가 돈을 달라며 그의 외투를 쪼아 댄다
- 해리가 호그와트에서 맞게 된 첫 금요일, 처음으로 헤드위그에게 배달을 받는다. 해그리드의 오두막에서 같이 차를 마시자는 편지 배달이다
- 드레이코 말포이의 수리부엉이는 집에서 보내는 사탕과 케이크를 드레이코에게 정기적으로 배달한다
- 외양간올빼미가 할머니가 보낸 리멤브럴을 네빌에게 전한다
- 가면올빼미 6마리가 해리에게 님부스 2000을 배달한다. 맥고나걸이 다른 |학생들 모르게 보낸 선물이다
- 해그리드는 해리에게 사진 앨범을 만들어 주기 위해 제임스와 릴리의 동창들에게 사진을 달라며 부엉이를 보낸다.

2학년

- 외양간올빼미가 프리빗가의 식당으로 들어와 메이슨 부인의 머리에 편지를 떨어뜨린다. 해리에게 보내는 그 편지는 미성년 마법사의 학교 밖 마법 주문 사용에 관한 경고의 편지다
- 에롤은 헤르미온느의 편지를 버로에 전달한 후 위즐리네 안락의자에 쓰러진다
- 네빌의 할머니는 네빌이 학기 초에 잊어버리고 간 물건들을 부엉이를 통해 종종 전달한다
- 에롤은 몰리가 보낸 하울러를 론에게 전달한 후 그리핀도르 식탁의 우유 단지에 풍덩 빠지고 만다

3학년

- 에롤은 론이 보낸 스니코스코프를 해리에게 배달하다가 기절하고, 다른 부엉이 두 마리가 에롤을 부축해 해리의 방으로 데려온다.
- 커다란 외양간올빼미가 할머니가 보낸 하울러를 네빌에게 배달한다
- 피그위전은 호그와트 급행열차에 탄 해리에게 시리우스의 편지를 전달하면서 론의 인생에 날아든다

4학년

- 시리우스는 현란한 색깔의 새들을 이용해 프리빗가에 있는 해리에게 편지를 전한다
- 프리빗가에 있던 해리는 친구들에게 헤드위그를 보내 먹을 것을 보내 달라고 요청한다. 헤르미온느는 헤드위그에게 무설탕 간식을 들려 보낸다
- 에롤은 버로에서 해리에게 보낸 큼직한 과일 케이크와 다양한 고기 파이를 배달한 후 소진된 체력을 회복하는 데 꼬박 닷새가 걸렸다
- 해리의 열네 번째 생일날, 부엉이가 4마리가 론, 헤르미온느, 해그리드, 시리우스에게서 하나씩 총 4개의 생일 케이크를 해리에게 배달한다
- 피그위전은 퀴디치 월드컵 결승전 관람을 위한 초대 편지를 해리에게 배달한다
- 사람들이 마법 정부로 계속 하울러를 보낸 바람에 퍼시의 제일 좋은 깃펜이 재가 되고 만다
- 피그위전과 학교 가면올빼미 2마리가 호그스미드의 시리우스에게 햄 1덩어리를 배달한다
- 어느 날 아침, 회색 부엉이 1마리, 외양간올빼미 4마리, 솔부엉이 1마리, 황갈색올빼미 1마리가 헤르미온느에게 협박 편지들을 배달한다. 그중 한 편지 봉투에는 멍울초 고름 원액이 가득 담겼다
- 프레드와 조지는 학교 외양간올빼미를 이용해 루도 배그먼에게 협박 편지를 보낸다
- 트라이위저드 대회의 세 번째 과제가 시작되기 전, 시리우스는 해리에게 행운을 빌어 주는 카드를 보낸다. 반으로 접은 양피지에 진흙투성이 동물 발자국이 찍혀 있는 카드다

5학년

- 어느 날 저녁, 부엉이 5마리가 마법 정부 징계 청문회 관련 메시지를 해리에게 배달하기 위해 프리빗가로 날아든다.
- 헤르미온느는 반장이 됐다는 소식을 부모님에게 전하려고 헤드위그를 빌린다
- 헤르메스는 론에게 퍼시의 편지를 전달한다. 마법 정부가 해리를 부정적으로 보고 있으니 해리와 거리를 두라고 경고하는 내용이다
- 부엉이 여러 마리가 그리핀도르 식탁에 내려앉아 해리를 지지하는 내용이 담긴 편지들을 해리에게 전한다. 가면올빼미 1마리는 해리의 인터뷰가 실린 《이러쿵저러쿵》 잡지를 해리에게 배달한다

6학년

- 마법 정부는 죽음을 먹는 자들에 대비해 별 쓸모도 없는 안전조치에 관한 전단지를 부엉이를 통해 보낸다.
- 잘생긴 황갈색올빼미 3마리가 해리, 론, 헤르미온느에게 O.W.L. 시험 결과를 전달한다

7학년

- 2차 마법사 전쟁이 정점에 달한 동안, 프레드와 조지는 뮤리엘 고모할머니의 집 뒷방에서 부엉이 주문 서비스 사업을 계속한다

· J . K . 롤링 ·

J.K. 롤링은 오랫동안 꾸준히 인기를 끌고 있는 소설 《해리 포터》 시리즈, 그 외 여러 권의 단독 소설과 베스트셀러 범죄 소설 시리즈의 작가다. 1990년 지연된 기차를 기다리는 동안 해리 포터에 관한 아이디어를 떠올리고 줄거리를 구성한 뒤 7권짜리 시리즈 소설을 쓰기 시작했다. 1997년 영국에서 《해리 포터와 마법사의 돌》이 출간된 이래, 2007년 《해리 포터와 죽음의 성물》 출간을 끝으로 시리즈가 완성되기까지 10년이 더 걸렸다. 영화 시리즈는 대성공을 거뒀다. 《해리 포터》는 85개 언어로 번역되어 전 세계에서 6억 부 이상 판매됐고 오디오북은 10억 시간 이상 재생됐다. J. K. 롤링은 자선단체를 돕기 위해 자매편에 해당하는 책 세 권을 출간했는데 《퀴디치의 역사》, 《신비한 동물 사전》의 판매 수익금은 자선단체 '코믹 릴리프(Comic Relief)'와 '루모스(Lumos)'에, 《음유시인 비들 이야기》의 판매 수익금은 '루모스'에 전달되고 있다. 《신비한 동물 사전》은 마법동물학자 뉴트 스캐맨더를 주인공으로 하는 새로운 영화 시리즈의 토대가 됐다. 성인이 된 해리의 이야기는 연극 대본 '해리 포터와 저주받은 아이'에서 계속됐다. J.K. 롤링이 극작가 잭 손(Jack Thorne), 감독 존 티퍼니(John Tiffany)와 공동 집필한 이 연극은 지금도 세계 곳곳에서 공연되고 있다.

2020년, 롤링은 어린이들을 위한 동화 《이카보그》를 출간했는데, 코로나19 바이러스로 피해 입은 사람들을 돕기 위해 판매 수익금을 '볼런트(Volant)'에 기부했다. 최신작은 2021년에 출간한 동화 《크리스마스 피그》다.

롤링은 아동문학에 기여한 공로로 대영제국 훈장(OBE)과 명예 훈작(Companion of Honour), 한스 크리스티안 안데르센 상, 블루 피터 골드 배지를 비롯해 많은 상을 받았다. '볼런트'를 통해 다양한 자선사업을 지원하고 있으며, 국제 아동구호단체 '루모스'를 설립했다. 현재 가족과 함께 스코틀랜드에서 살고 있다.

J. K. 롤링에 관한 더 자세한 내용은 jkrowlingstories.com에 있다.

◦ 감사드립니다 ◦

· 도움을 주신 분들 ·

데이브 브라운 - Ape Inc Ltd, 어맨다 크레이그, 톰 하틀리, 세리 우즈

스테파니 앰스터, 맨디 아처, 클레어 배걸리, 제시카 벨먼,
재키 버틀러, 제시카 조지, 새러 굿윈, 클레어 헨리,
로지 먼즈, 젬마 샤프, 애비 쇼, 제이든 스카이어스,
블룸스버리의 대니얼 웹스터-존스

블레어 파트너쉽의 로즈 프레이저와 클로이 윌리스

◦ 참여한 예술가들 ◦

· 피터 고스 ·
70-71, 72-73, 86-87, 90-95, 96-97, 118-119,
124-125, 130-131, 146-147, 168-169, 170-171, 172-173 페이지

· 루이즈 록하트 ·
40-41, 48-49, 52-53, 54-55, 56-57, 200-201, 202-203, 204-205, 206 페이지

· 웨이통 메이 ·
16-17, 22-23, 24-25, 26-27, 28-29, 30-31, 32-33, 74-75, 76-77,
116-117, 136-137, 138-139, 144-145, 150-151, 166-167, 196-197 페이지

· 올리아 무자 ·
18-19, 68-69, 78-79, 112-113, 114-115, 188-189 페이지

· 팜 콸 푹 ·
34-35, 44-45, 60-61, 62-63, 66-67, 120-121, 134-135,
142-143, 148-149, 162-163, 178-179, 180-181, 182-183, 184-185,
186-187, 198-199 페이지 및 표지 일러스트

· 레비 핀폴드 ·
50-51, 98-99, 100-101, 102-103, 104-105,
126-127, 128-129, 156-157, 158-159, 174-175, 190-195 페이지

· 토미슬라브 토미치 ·
10-11, 12-13, 20-21, 38-39, 42-43, 46-47,
58-59, 80-81, 82-83, 84-85, 106-107, 108-109, 110-111,
122-123, 140-141, 152-153, 154-155, 164-165 페이지